U1001092

观海文丛——华东师范大学外语学院学者文库

中国民国期における谷崎潤一郎作品の受容状況

谷崎润一郎文学在民国时期的接受情况研究

金　晶　著

南开大学出版社
天　津

图书在版编目(CIP)数据

谷崎润一郎文学在民国时期的接受情况研究 / 金晶著.
—天津：南开大学出版社，2013.7
（观海文丛. 华东师范大学外语学院学者文库）
ISBN 978-7-310-04247-0

Ⅰ.①谷… Ⅱ.①金… Ⅲ.①谷崎润一郎(1886～1965)—文学研究 Ⅳ①I313.065

中国版本图书馆 CIP 数据核字(2013)第 160471 号

版权所有　侵权必究

南开大学出版社出版发行
出版人:孙克强
地址:天津市南开区卫津路 94 号　邮政编码:300071
营销部电话:(022)23508339　23500755
营销部传真:(022)23508542　邮购部电话:(022)23502200
*
唐山天意印刷有限责任公司印刷
全国各地新华书店经销
*
2013 年 7 月第 1 版　2013 年 7 月第 1 次印刷
210×148 毫米　32 开本　6.875 印张　2 插页　169 千字
定价:18.00 元

如遇图书印装质量问题,请与本社营销部联系调换,电话:(022)23507125

本书获得华东师范大学外语学院出版基金资助

前 言

谷崎润一郎是一名与中国颇有渊源的作家。他曾先后两度游历中国，发表了一系列诸如《西湖之月》《鹤唳》等充溢着“支那趣味”（本书中出现的“支那趣味”一词，为日文词汇引用，均指代的是日本大正时期的中国风潮，非歧视性称呼——编者按）的作品。通过1926年的第二次中国旅行，他与田汉、郭沫若等当时的文坛新秀结下了深厚的友情。与此同时，民国文学者们亦开始纷纷译介他的作品，并对其进行了多角度的解读。那么，究竟是什么样的人，出于什么目的介绍或翻译了谷崎润一郎的作品？这些作品又给那一代民国知识分子的创作带来了何种影响？又是何种因素制约或影响了谷崎文学在民国的译介与接受？本书意欲探讨以上这些问题。

对谷崎作品的文学特质和民国时期对其作品译介与接受的大背景进行考察之际，不难发现“世纪末”思潮这一共同要素的存在。由此，本书第一章从“世纪末”思潮这一关键词入手，追溯其历史，通过探讨出发语和目的语国家的历史、社会和文化语境之间的联系，继而凸现“世纪末”思潮这一语义在由西方移植至日本及民国时的不同特点。

第二章则主要围绕如下两个问题展开。首先探讨了两次中国旅行对谷崎润一郎的中国观及作品风格的转变带来了何种影响。其次，在对民国谷崎作品译介情况进行宏观分类梳理的基础上，从作品选择、译作版本、译者情况等方面归纳总结出译介情况的特点。

在前两章总体研究的基础上，第三章则转入个案分析。为了体现译者、作家、批评家等不同接受群体的接受特点，选择了章克标、郁达夫及施蛰存为个案，从作品题材、人物角色塑造、艺术手法分别加以探讨。其中，在以郁达夫及施蛰存为个案的考察中，分析其对谷崎作品中的异常性欲叙事的接受情况。运用厨川白村及弗洛伊德理论，探讨两位中国作家为何接受了谷崎作品中的异常性欲题材：受到厨川影响的郁达夫把异常性欲叙事理解为现代性的代名词，但当时中日不同的社会背景，注定了其水土不服、最终沦为一种装饰性要素的命运。而深受弗洛伊德理论影响的施蛰存将谷崎的异常性欲叙事理解为一种超越种族、国家的普遍真理。

第四章着重讨论谷崎作品中女性形象及恋爱观的接受情况。通过对郁达夫作品《迷羊》和谷崎的《痴人的爱》中女性性别角色塑造、男女关系的逆转等角度进行分析，明确了谷崎对郁达夫的影响关系，并揭示了两者作品中的女性形象均为中日两国“摩登女郎”的原型，进而凸现了中日两国女性是如何凭借身体性来进入都市空间这一共性。另外，通过对民国时期谷崎作品最主要译者章克标作品中的恋爱观进行考察，揭示了民国时期恋爱观与日本明治、大正时期恋爱观之间盘根错节的关联。

第五章则通过对照施蛰存的《黄心大师》与谷崎的《春琴抄》，旨在分析谷崎作品艺术观的接受情况。施蛰存敏锐地体察出《春琴抄》中文本多层化及材料虚构性等谷崎作品的匠心之处，并将这种艺术观运用于自己的作品《黄心大师》之中，以“纯中国式白话文”这种传统手法来诠释现代命题，开拓了民国文学的新境地。

综上，本书的研究明确地表明谷崎润一郎的作品之所以能够远渡重洋，对其译者、作家、评论家、乃至一般读者群产生深远影响，不仅仅在于其作品的丰厚内涵和艺术魅力，也与其在民国时期这一特定的接受语境与不同接受主体的期待视野有关。而在接受过程中发生的嬗变背后则反映了近代中日文化及社会之间的撞击与融合。

作者

2013 年元月

まえがき

本書は著者が2010年12月に大阪大学言語文化研究科に提出した博士学位論文に基づくものである。

谷崎潤一郎は中国と深い関わりをもつ作家の一人である。彼は1918年第一回目の中国旅行後に中国を舞台とした、「西湖の月」、「鶴唳」など「支那趣味」溢れる作品を数多く描いた。さらに、1926年の第二回旅行を契機として、田漢、郭沫若、欧陽予倩などといった中国の文学者、演劇家とも親交を持った。民国期の中国において、日本耽美派の先駆者として、また「腐りきった」資本主義文学の代表者として批判の対象であり、また時には、田漢のよき友として、中国の文壇・読者たちに知られているこの作家は、時代の移り変わりによって、異なる評価のもとに読まれたのであった。中国での谷崎潤一郎のこうした波瀾万丈の受容史は、或る意味で目まぐるしい近代中日関係の証言としてとらえられると同時に、文学者たちの異彩に富んだ文学活動とも深く関わっていると考えられる。

民国期の中国の翻訳者たちは、なぜ谷崎を選び、どのように作品を選択し、その作品の中に何を読み取り、翻訳により、何を伝えようとしたのか。そして、それら翻訳作品を通じて、谷崎の、あるいは近代日本の何が中国に受け入れられ、何が受け入れられなかったのか、それらを解明することが、本書の目的である。

谷崎作品を考察する際、その文学の趣向や主題はいずれも「世紀末」文芸の諸相から見出せる。一方で、民国期における谷崎文学の受容は 20 年代の「世紀末」ブームを背景に行われた。そこで、第一章の第一節では、西欧「世紀末」文芸思潮の生れる背景と特徴について論じた。高度の物質文明や進化論などに代表される中産階級の価値基準へのアンチテーゼとして生まれた「世紀末」文芸の特徴は美術、文学、音楽など芸術の各ジャンルにおける相互作用性・逆説性である。第二節では、日本における「世紀末」文芸受容の全体像を概観した。日清戦争の勝利を経て、物質的な近代化がすすめられた日本は明治 40 年に至って、「世紀末」思想が文壇に浸透した。自然主義から象徴主義、耽美主義への変遷を考察することによって、その互いに重なりあう関係が見て取れ、ひいては日本の近代文学は「世紀末」思潮というひとつの源から進化してきたことが確認できる。その理由は、文学的主張が異なったというものの、西洋のような近代化への渇望という点で通底している近代文学者たちが、世紀末を近代性と同一視していたことにあった。第三節では、民国期中国における「世紀末」受容のありさまについて論じた。1910 年代後半になると、外国の文学潮流が盛んに紹介され、西欧「世紀末」文芸への関心も高まっていった。しかし、1920 年代初頭、半封建社会の下でもがいていた中国は到底「世紀末」文芸を受容する物質的条件がまだ整っておらず、外来思潮の移植過程でズレが生じたと考えられるだろう。たとえば、ワイルドの作品を翻訳する目的には、既成社会への反抗が大きな特徴となり、その強い功利的傾向が見られる。1920 年代後半に入ると、物質的な条件が整っていた大都会上海では、「世紀末」

思潮を本格的に受け入れる文学者が現れた。その代表者として、章克標と施蟄存があげられる。

第二章の第一節では、谷崎の二回の中国旅行が彼の中国観の変遷にいかなる影響を与えたかを論述した。谷崎が第一回旅行から得たロマン的でデカダン的な中国像は、第二回旅行で、中国知識人との会話を通して砕かれ、それ以後「支那趣味」作品の創作を断念した。一方で、谷崎は上海を鏡にして、それまで浸っていた日本の西洋模倣の安易さをも再認識した。この意味から見れば、第二回の旅行は、谷崎にとって後の「古典回帰」への重要なステップにもなると考えられる。第二節では民国期における谷崎翻訳作品の目録を作成し、このデータを基礎として翻訳状況の特徴を考察した。①民国期において、谷崎の24点の作品が翻訳された。1929、1930年の2年間が最盛期である。②訳本の中では、「麒麟」は訳がもっとも多く、4つの異なるバージョンが存在する。「富美子の足」も3種類のバージョンがある。③翻訳作品ジャンルの選定から見ると、「陰翳礼讃」をはじめとする随筆は、逆に随筆というジャンルを重視し愛好した当時の中国文学者から看過されている。④谷崎作品の訳者として、十数人の訳者の名が挙げられるが、谷崎の作品を最も多く翻訳したのは章克標である。

第三、四、五章は主に受容状況について論じた。第三章では、郁達夫と施蟄存に即して、異常性欲描写における谷崎受容の状況を概観した。第一節では、谷崎文学における異常性欲描写を辿りながら、その背後にあってその動きを方向付けている要素を考察した。その要素としては、当時の「変態性欲」ブームや、ワイルド流行に代表されていた世紀末作家の影響が見られる。また、異常性欲描写が、当時まだ存在しなかった「高尚な恋愛文学」を作り上げるための谷崎の試みでもあったと考えられる。第二節では、郁達夫がなぜ谷崎潤一郎の異常性欲描写を受容したのか、異常性欲描写が彼の文学の中で、どのような位置づけになるかについて論じた。郁達夫は厨川白村経由で異常性欲描写を「世紀末」的なもの、「近代」的な現象として捉えていた。しかし、当時暗黒な中国の現実に苦悶していた郁にとっては、異常性欲描写は、一種の飾り的要素であり、主人公たちの苦悶の自我を表象する手段にすぎないといえよう。第三節では、施蟄存作品における異常性欲描写に焦点を当て、谷崎やフロイトから影響されながら、彼が作品を生み出していった様子を跡付けた。本節ではフロイト理論を援用しつつ、施蟄存が異常性欲描写を自らの作品に持ち込んだ理由は、人間精神のより普遍的根本的な性質を追求することにあったということを論述した。

つづく第四章は谷崎作品の女性像と恋愛論の受容を考察した。第一節では、谷崎の「刺青」、「痴人の愛」を取り上げ、それぞれ作品の中で作り上げた女性像の発表当時における女性運動社会史とのかかわりを検証することによって、谷崎文学の先覚性を明らかにした。第二節では、郁達夫の「迷羊」と「痴人の愛」における女性像のジェンダーロールや男女関係の逆転などの共通点を検討することによって、「迷羊」における女性主人公は中国の「モダン・ガール」の原型であることが判明しただけでなく、中日両国の女性が身体性を以て都市空間に進出したことが明らかになった。第三節では、谷崎作品の主要な訳者である章克標の恋愛観における谷崎受容を取り上げた。章克標作品からは、彼が谷崎から影響を受け、それまでの恋愛と結婚を切り離して考えていた大多数の民国期文学者たちとは一線を画し、性欲、恋愛、結婚という三大テーマがセットとして論じられる恋愛観を自らの作品に持ち込んだことが見て取れる。

最後の第五章では、施蟄存「黄心大師」における「春琴抄」の影響を取り上げ、谷崎作品芸術観の受容状況を考察した。近代小説のあり方を模索し続ける施蟄存は、テクストの重層化と材料の虚構性といった芸術観を受け入れることによって、「黄心大師」という新しい文章世界を構築したといえよう。

結語は以上の議論を受けての総括である。

目　次

第一章　「世紀末」について

第一節　「世紀末」の語義

谷崎文学の趣向というと、異国趣味、異常性欲、神秘主義、故郷へのノスタルジー、人工楽園、政治との断絶などが挙げられるが、これらの特質はいずれも「世紀末」文芸の諸相から見出せる[①]。さらに、谷崎文学に登場している「女」たちは、紛れもなく「ファム・ファタール」の末裔であろう。そこで、本節はまず西欧に起源する「世紀末」の語義について考えていくことにしたい。第二、三節では、日本と中国における「世紀末」文芸受容の全体像を見渡したい。

文芸の概念として用いられる「世紀末」という言葉は、フランス語の Fin de siècle の訳語であるが、かならずしも 19 世紀の終わりまでを指すのではなく、19 世紀半ばのラファエル前派の時代から「ベル・エポック」の終焉、すなわち 1914 年の第一次世界大戦の始まりまでと設定される[②]。Fin de siècle のもっとも

---

① ジャン・ピエロ著、渡辺義愛訳『デカダンスの想像力』（白水社、1987 年）の第 2 部「デカダンスの想像力の諸形態」を参照。

② 尹相仁『世紀末と漱石』（岩波書店、1994 年、31 頁）を参照。

古い用例として、フランスの時事日刊紙『ル・ヴォルテール』（*Le Voltaire*）の1886年5月4日号に掲載された評論家L・セリジェの評論の一節が挙げられる。

> …彼は世紀末的であることに満足する。世紀末的であることは何にでも適応できるし、どんなことでも満たすことができると同時にすべてからも免れられる。この言葉はつい最近生まれたばかりだが、すでに人々に受け入れられている。何と適切でうまい表現なんだろう！…二年前は、それはデカダンという言葉だった。だが、去る冬を境に衰退する傾向にあった。そして今日我々の前には世紀末という言葉が存在するのだ①。

上の引用部から、「世紀末」と「デカダンス」はコインの裏表のような関係にありながら併用されてきたという重要な事実を指摘できる。ここから、13世紀の中世ラテン語にすでにその影が見られる②「デカダンス」と19世紀末に生まれた「世紀末」といったことばの曖昧さが窺える。だが、Fin de siècleの語義は「デカダンス」に限られたのではなく、「モダンな」、「現代風」といった意味で使われたこともあった③。

---

① 原文：(...) lui se contente d'être fin de siècle. Cela répond à tout,dispense de tout.Le mot ne date que d'hier, mais il a déjà fait fortune.C'est une si belle trouvaille! (...) Il y a deux ans, c'était un décadent: il fut déliquescent à la saison dernière. Le voici fin de siècle arjourd'hui.

② 尹相仁『世紀末と漱石』（前掲、10頁）

③ Eugen Weber. *France, fin de siècle*（President and Fellows of Harvard College, p9, 1986）原文：End-of-century trips less lightly off the tongue than fin de siècle. This may be why the term remains associated mainly with France, where it was coined while the nineteenth century still had a while to run. Just what it meant at first was not entirely clear. It could denote"modern"or"up to date."

ジャン・ピエロが『デカダンスの想像力』の中で、「デカダンスをたんなる詩の流れの一時的変遷にすぎないものとみなすとすれば、大きな誤りを犯すことになろう。実際にはデカダンスこそ、世紀末二十年間に現れたすべての文学的傾向の共通分母にほかならない」①と示しているように、世紀末現象は19世紀後半のヨーロッパ文学の共通のテーマである。実際には、19世紀ヨーロッパの歴史を遡れば、世紀末現象の影響は、その時代の文学に顕著な影響を与えただけではなく、芸術や科学の諸分野にもその痕跡が強く残っている。マックス・ノルダウ（1849－1923）の『頽廃論』（1893）の冒頭部にある、「所謂『末世』なる語は近世に於ける諸現象の特性を表彰する」②ことであるという結論が、その裏づけといえよう。では、こういう19世紀後半のヨーロッパに蔓延した「諸現象の特性を表彰する」③世紀末ブームが一体どういう背景の下に生まれたのかについて、振り返ってみたいと思う。

19 世紀後半とは西欧諸国が近代的な市民社会を形成していく時代である。その代表的な事件を挙げてみれば、フランスでは、1789年に勃発したフランス革命を発端として、自由を求める市民による近代国家の成立が目指された。パリにおいては、万国博覧会が1855年、1867年、1878年、1889年、1900年と頻繁に開催されるようになり、1896年には近代オリンピック大会が開催され、新しいパリの街が整備されながら、近代社会がめ

---

① ジャン・ピエロ著、渡辺義愛訳『デカダンスの想像力』（前掲、14頁）

② 訳文としては桐生政次訳『現代文明之批判』（隆文館、1907年、43頁）を引用した。

③ 同上。

まぐるしく成長してゆく。その一方、イギリスにおいては、1840－1842年のアヘン戦争、1851年のロンドン第1回万国博覧会、1863年ロンドン地下鉄開通、1877年インド帝国樹立などの諸事件が表明しているように、19世紀末のイギリスはまさに日の沈むことなき黄金時代である。他の西洋諸国に目を向けると、フランスやイギリスと共通する点が見つけられる。それは「進歩」という時代の合言葉である。

こうした産業革命によって成し遂げられた高度の物質文明を背景にして、1859年に刊行されたダーウィン（1809－1882）の『種の起源』の考えがヨーロッパ各国に広く受け入れられるようになる。19世紀70年代から80年代にかけて、遺伝と環境を基礎とする自然主義文学が隆盛を極めたのがその好例である。1876年、ゾラ（1840－1902）は「居酒屋」を刊行し、当時のフランス社会に大反響を呼ぶほど注目を浴びるようになった。ゾラを師と仰ぐ青年作家モーパッサン（1850－1893）やユイスマンス（1848－1907）などの五人は、パリ近郊メダンにあるゾラの別荘に集い、自然主義文学団体メダン派を結成した。まさに、19世紀70年代から80年代にかけて、自然主義文学の興隆を極めたといえよう。

社会学の面に目を移すと、ロンブローゾ（1835－1909）が、ダーウィンの理論へ傾倒し、特に遺伝的要素の影響を自らの研究に組み入れ、生来的犯罪人説を唱えた『犯罪人論』(1876）と、天才にして同時に発狂者であると主張した『天才論』(1888）を上梓した。ロンブローゾの理論は、当時ヨーロッパ知識人に刺激を与えたが、ノルダウ（1849－1923）もその一人である。彼は「変質論」(1892) の中で、ロンブローゾの犯罪に及ぼす遺伝的要素の影響に関する理論を受け入れつつも、「調和の欠落や平衡の欠如、天分豊かな変質者がその天分を運用できない無能ぶりは、健全な検閲者をぞっとさせる。彼は変質批評家のうるさい賞賛に先入観をもたないよう注意している、そして、マトイドと、人類に新しい道を開発し、人類をさらなる進歩へ導く非凡の人とを取り違えることは決してない。私は、天分豊かな変質者は人類の進歩に有用である、というロンブローゾの意見に賛成ではない」[①]というように、天才と発狂者を峻別し、その上、世紀末現象を社会的に無益な堕落と捉え、否定的な判断を下した。だがその反面、ノルダウは変質者を文芸上「末世」的運動の唱道者と認めているのである。彼のこの見方は、変質者が当時の文芸領域で演じている役割の大きさを裏付けることができるといえよう。

当然ながら、芸術家たちは「進歩」という言葉を毛嫌いした。世紀末思想は物質主義や進化論などに代表されている中産階級の価値基準へのアンチテーゼとして生まれた。そして、その思想の先駆者たちはロセッティ (1828－1882)、ミレイ (1829－1896) らのラファエル前派メンバーを起点にし、ゴーチエ (1811－1872)、ポー (1809－1849)、ペイター (1839－1894)、ボードレール (1821－1867) に続き、彼らの影響を受けたユイスマンス、ワイルド (1854－1900)、ワイルドの『サロメ』の挿絵作者ビアズリー (1872－1898) や『イエロー・ブック』(*The Yellow*

---

① マックス・ノルダウ著、森道子訳「世紀末」(『谷崎潤一郎と世紀末』思文閣、153頁、2002年)

Book)、『サヴォイ』(*The Savoy*)両誌に群がる作家たち、モロー(1826－1898)やルドン(1842－1898)、ベックリーン(1827－1901)をはじめとした象徴派画家たちが数えられる。彼らはダーウィニズムの物質もしくは種族の進歩に関する楽天的な考えではなく、ショーペンハウアーまたはハルトマン的な闘争と迷妄の観念を取り出してきた。彼らにとってはルソーもダーウィンも遠ざけるべき対象に過ぎなかった。

一方で、生物学と社会学領域のほかに、心理学においても新たな飛躍が実現した。これは、無意識という近代心理学の重要概念が、19世紀全体を通じて発生し、ゆっくりと育てられてきたことである。1868年、ハルトマンの『無意識の哲学』が無意識という概念を始めて舞台の正面に出して以降の世紀末の数十年間、無意識という概念がさらに進展し、心理学の領域だけでなく、数多くの作家たちにも多大な影響を及ぼしたのである。

無意識という近代心理学の重要概念が発見されるにつれ、世紀末の作家たちは、性欲の重要性を発見した。このプロセスについては、ジャン・ピエロが次のように述べている。「古典的心理学の説く、明晰な意識と自我の安全な外見の背後に、意識の秘められた、神秘に包まれた新しい層が存在することを見抜いた彼らは、漠然とした恐れを抱き、あるいはそれをより明確に知覚しようと努める。ところがこうして魂の奥底を探索しているうちに、彼らは性欲の重要性を発見し、そのある種の形態に新しい光を当てるようになった」[①]。しかし、ボードレールをはじめとしたデカダンス作家たちは、性欲を発見したあと、そ

①ジャン・ピエロ著、渡辺義愛訳『デカダンスの想像力』(前掲、182頁)

の正常な状態を拒む態度を取っていた。その理由は簡単である。人工的な美に固執している彼らにとって、こうした人間の自然属性を代表する性欲を拒まざるを得なかったのである。こうして、反自然主義の彼らは、自然を象徴する女性を拒絶するようになる。しかし、彼らは自分の心の中に、こうした女性の肉体を嫌悪している一面もあれば、肉体にひきつけられつつ、情欲に敗北した一面もあることを否認できなかろう。こうした作家の内面に起きた理想主義と現実主義の葛藤から生じる自我の分裂は、ボードレールの作品に色濃く見られる。

こうした正常な性欲を拒む作家たちは、次第に異常な性欲に関心を持つようになった。事実、当時の文学は、倒錯のさまざまなタイプを好んで描き、異常性欲に関する文学を上昇気流に乗せたとジャン・ピエロが指摘した。その原因について、彼女が以下のような二点を挙げた。第一に、19 世紀末という時代が、性欲について心理＝病理学の領域で最初の体系的な研究が出始めた時期と一致しており、クラフト・エビング（1840－1902）の『性的精神病理』(1886)、ハヴロック・エリス（1859－1939）の『性の心理』(1896－1914)、フロイト（1856－1939）『ヒステリー研究』(1895) に代表される近代的性科学の著作が続出していることである。第二に、倒錯は、デカダンスの作家たちの目に、原則的に罪深いものと決め付けられている性欲を多少なりとも救う手段として映ったのである。自然な生活に結びつくからという理由で断罪された性の世界を完全に拒むことは不可能であるとしても、少なくとも性の倒錯に耽ることによって、自然を侮辱しなければならないという。この観点からすれば、人工的なもののみに美学的優位を与えた世紀末文学者たちの異常性欲への偏愛は理解できるだろう。そして、彼らの作品の中に、異常性欲は主に次のような形態で表現されている。最初に形として現れたのは同性愛をテーマにした作品であろう。このテーマはゴーチエやボードレール、ユイスマンスの時代にその影はまだおぼろげに見えているが、ワイルドの時代に至って次第に明瞭化されるようになった。同性愛のテーマのほかに、近親相姦やサディズム、マゾヒズムの作品もよく見出される。

さらに、このようにして形成された自我の分裂が、「理想的女性」と「宿命の女（ファム・ファタール）」を誕生させた。なかでも、19世紀末に強調されたのは、「宿命の女（ファム・ファタール）」であった。ここで、注目すべきなのは、この二つの主題が小説のテーマとしてつねに登場しただけでなく、同時代のフランスやベルギーの象徴派絵画のなかでも繰り返し現れたということである[①]。ジャン・ピエロと河村錠一郎の研究によると、世紀末の美術と文学での「宿命の女（ファム・ファタール）」というテーマはつねに「雌スフインクス」と「サロメ」の顔立ちをしてあらわれるのであった。「雌スフインクス」の例として、1864年のサロンで「ギリシャのハムレット」と絶賛されたモローの「オイディプスとスフインクス」やフェルナン・クノップフ（1858－1921）の代表作「芸術、あるいは愛撫、あるいはスフインクス」が挙げられる。

---

①ジャン・ピエロ著、渡辺義愛訳『デカダンスの想像力』（前掲、190－193頁）に詳しい。

モロー、「オイディプスとスフィンクス」
1864 年、ニューヨーク、メトロポリタン美術館

フェルナン・クノップフ、「芸術、あるいは愛撫、あるいはスフィンクス」
1896 年、ブリュッセル王立美術館

一方で、新約聖書を典拠とする「サロメ」は、「世紀末」にあって、美術、音楽、文学とありとあらゆる分野で大流行した。聖書の中で、脇役にすぎなかった「サロメ」は、フローベール、モロー、ユイスマン、ワイルド、ビアズリーらの手によって、一躍ヒロインとなった。1876年に書かれたフローベールの「エロディアス」は、モローの「ヘロデ王の前で踊るサロメ」(1876)と「出現」(1876)の作品に着想を与えた[①]。モローの描く「サロメ」は、その腹部の筋肉のつき方が少年的であることから、世紀末の特徴である両性具有、即ちアンドロギュノスと見ることもできる[②]。フローベールのほかに、ユイスマンスの「さかしま」(1884)の第5章では、デ・ゼッサントがモローの絵を眺める場面がある。ユイスマンスは当初ゾラの弟子として自然主義作家の観察眼ならではの鋭さで、絵そのものについても細かく描写した。そして、現代的「サロメ」像の形成に非常に大きな役割を果たしたのは、ワイルドとビアズリーである。1893年にワイルドがまずフランス語版の『サロメ』を刊行し、1896年にパリの「制作座」で初演されるが、不成功に終わる。1906年に、リヒャルト・シュトラウス(1864－1949)によってオペラ化され、ドレスデン劇場で初演されると、音楽と躍りというオペラならではの見せ場を持って成功を収めた。「サロメの世紀末はシュトラウスの一幕物のオペラの出現によって初めて完成を見た」といわれるほどである。そして、忘れてはならないのは、1894年出版された英語版の挿絵の画家ビアズリーである。ビア

① ジャン・ピエロ著、渡辺義愛訳『デカダンスの想像力』(前掲、61頁)を参照。

② 鹿島茂『ギュスターヴ・モロー—絵の具で描かれたデカダンス文学』(六耀社、43頁、2001年)を参照。

ズリーの名はこの挿絵によって名は一挙に世に広まった[①]。

モロー、「ヘロデ王の前で踊るサロメ」、1876 年、モロー美術館

モロー、「出現」、1876 年、モロー美術館

---

①「サロメ」の描かれ方の変遷について、増尾弘美「『サロメ』—世紀末の象徴」(『文藝言語研究・文藝篇』49、2006 年)、河村錠一郎「サロメ」(『世紀末美術の楽しみ方』、新潮社、1998 年)、ジャン・ピエロ著、渡辺義愛訳『デカダンスの想像力』を参照。

ビアズリー、「ダンサーへの報酬」、1894年、『サロメ』挿絵

上述したとおり、ヨーロッパの19世紀は近代的な市民社会を形成していく時代であり、生物学、社会学、心理学が共に発展していく時代でもある。こうした時代の特色こそが、世紀末文芸を生み出した要因のひとつである。そして、美術、文学、音楽など芸術諸ジャンルの相互のつながりや融合から生まれた世紀末文芸は、その相互作用性・逆説性を示しながら、総合性と個別性[①]という現代芸術の性格のひとつの源にもなって行ったのだと考えられる。

第二節　日本における「世紀末」の様相

「世紀」または「世紀末」という熟語が日本で使われ始めたのはいつ頃からだろうか。芳賀徹の研究によると、明治14年(1881)に刊行された松島剛の『社会平権論』には「幾世紀」という例があり、おそらくその頃から「世紀」という語がCentury

---

① 宗像衣子「世紀末芸術—逆説性と価値」(『研究紀要人文科学・自然科学篇』51、神戸松蔭女子学院大学、2010年)を参照。

の訳語として定着するが、まだ馴染みは薄かった。だが、明治33年（1900）となれば、「世紀」という語は、少なくとも知識層の間では熟してきていたと見える[①]。尹相仁は芳賀徹の研究を踏まえ、さらに一歩進んで、「世紀末」の使用状況を考察した。尹相仁によると、文芸界における「世紀末」のもっとも早い用例は、明治28年（1895）1月『帝国文学』創刊号に掲載された「世紀末年の文壇」という当時まだ東京帝国大学在学中の上田敏の書いた短い評論に見出される。ここで、注目したいのは、その2年後、上田敏が「世紀末年」にかわる訳語として「ファン・ド・シャクル」と振り仮名付の「澆季（ファン・ド）の人（シャクル）」を使ったことである。こうした上田敏の先例につづいて、明治30年代半ば以降、「世紀末」という語が次第に取り上げられることになる。それが文壇に浸透するのは、おそらく明治40年の時点であると推定される[②]。

続いて日本における「世紀末」の特徴をその近代文学変貌の流れから検証したい。幕末維新時代から近代文明の輸入に努力してきた明治期の日本は、日清戦争の勝利を経て、物質的な近代化を推進し始めた。戦前までのなにもかにもが「国のため」という意識に代わって、「自分のため」、「個人のため」の主張が許されるようになり[③]、こうした個人主義が明治35、36年以

① 芳賀徹『日本の「世紀末」』（前田愛、長谷川泉編『日本文学新史（近代）』第7章、至文堂、218頁、1990年）を参照。

② ここでは、尹相仁『世紀末と漱石』の第一章「近代日本文学と「世紀末」」における詳細な考察を参考した。

③ 芳賀徹『日本の「世紀末」』（前掲、227頁）

後の文芸主流であった世紀末的思想の底辺を成したのであった[①]。また、西欧において「世紀末」に「デカダンス」、「近代性」、「新しさ」を見出す傾向は、日本でも同様に認められる[②]。明治40年代に入ると、田山花袋の『蒲団』(1907)や島崎藤村の『春』(1908)、岩野泡鳴の『耽溺』(1909)などに代表される自然主義文学作品が相次いで発表され、評論の面では島村抱月、長谷川天渓らが積極的に支持したこともあって、1910年ごろまでが日本の自然主義文学の最盛期となる。明治期日本自然主義文学の特徴として、島村抱月は自然主義文学の牙城であった『早稲田文学』に発表された「囚はれた文芸」[③]において、自然主義文芸の展開に神秘的、主情的文芸を究極の理想と待望すると述懐したように、世紀末デカダンスと結びついた「新浪漫主義文芸」への志向が見て取れる。さらに、こうした志向は彼一人のみならず、泡鳴や花袋のような作家たちにも共通して見られ

---

① 尹相仁『世紀末と漱石』(前掲、49－50頁)を参照。1909年2月に発行された『太陽』の別冊「文芸史」は明治文芸の推移状況を四つに分類し、その第四期を「明治三十五、六年以後今日に至る間の世紀末的思想」という観点を打ち出した(『太陽』52巻3号、122頁、1909年)。此れに続き、「此の世紀末で種ゝ雑多の思想が醗酵して居た。或は神秘主義、或は個人主義、或は表象主義、デカダン、本能主義、それは実に種ゝのイズムが樹てられて、各々我を捨てぬ。而して此れ等を統一すべき一大思想なるものは無い。若し有りとすれば、広義に於ける個人主義であらう」という記述があった。

② 尹相仁『世紀末と漱石』を参照。19世紀末以降、『新小説』、『新声』、『新思潮』という題名の雑誌が続々と刊行され、「新」という接頭語の氾濫から当時における「近代化」への強い期待を読み取れると尹相仁が指摘していた。

③『早稲田文学』、1906年1月号。

る[①]。これは、おそらく「花袋をはじめ抱月や泡鳴や有明などにとって、自然主義とデカダンスと象徴主義は互いに重なりある関係、ひいてはひとつの源からの進化発展段階として把握されていた」[②]のであろう。自然主義とデカダンスと象徴主義との融合という様相は日本文学に限られたことではない。本家フランスにおいても、自然主義と象徴主義との間に深い親近性が存在している。これについて、ジャン・ピエロが次のように述べていた。

> 自然主義者たちと象徴主義者たちの間には、一見大きな距離があるように見えるが、実際には深い親近性が存在している。なるほど到達点は正反対である。前者は好んで生の最も暗い面を細密に描写し、社会の最下層に属する人々の堕落を研究した。後者は洗練された装飾をもつ内的楽園に閉じ篭もった。しかし、両者の出発点は、究極のところ通底している。基本的に悲観的な人生観がそれである。初めのうち、そしてかなりあとになってからも、両者が一種の相対

---

① 田山花袋と岩野泡鳴の文学観の推移状況については、尹相仁が次のように述べた：花袋が『蒲団』を発表した翌月の『文章世界』(明治四〇年一〇月号)に「作者の主観(後に『インキ壺』に収録のとき、「象徴派」と改題)と題する短文のなかで、ユイスマンスとモーリス・バレスについて触れ、「自分は自然派の作家が幾十年間の苦悶悪闘をつづけて、かういふ処に象徴のまことの意義を発見したのを意味深いと思ふ」と述べたのは、きわめて示唆的である。(中略)抱月や花袋よりも、もっと積極的に「新自然主義」の方向を打ち出した作家に岩野泡鳴がある。「自然主義が真直に進んで行く間に、いつも神秘なるものが感じられるのであって、これは何も不可解を一時面白がるのではない。自然と本能との奥には、とこしなへに知力の及ばぬ神秘性が潜んでゐる」(「神秘的半獣主義」)という記述にあらわれているように、彼は神秘的、象徴的要素と接合した自然主義を理想の姿とした(尹相仁『世紀末と漱石』、前掲、64－66頁を参照)

② 尹相仁『世紀末と漱石』(前掲、66頁)

的共生状態にあったことは、世紀末の二十五年間にあらわれたいくつかの文芸誌の内容を覗いてみればすぐ確認できる①。

上の文から、日本における自然主義とデカダンスと象徴主義との融合は、独自の現象ではなく、世紀末文芸思潮の薫陶を受けた日仏文学者たちの間に共通している現象と窺える。こうした薫陶も、その後の日本の文学者たちは、「日本にも近代文学を出現させる直接の契機」②と評価された『象徴主義文学運動』(*The Symbolist Movement in Literature* ,1899)の著者であったアーサー・シモンズ（1865－1945）や「フランスにおけるデカダンス、イギリスにおける耽美派という二つのパラレルな流れの根幹となる美学を最も明確に言い表した」③ワイルドに目を向けるようになった背景となった。

シモンズやワイルドが大正期の文壇に及ぼす影響を論じる代表的な研究として、鏡味国彦の「「世紀末」イギリス文学と大正期の文壇:シモンズとワイルドの影響について」④が挙げられよう。ここでは主に氏の研究を参考にしながら、大正期の日本におけるシモンズおよびワイルド紹介の様相を見ていくことにする。

鏡味国彦の研究によれば、比較的早い段階でシモンズを紹介するのは、上田敏や蒲原有明が挙げられよう。しかし、シモンズが日本の文壇に影響を及ぼす直接の切っ掛けを作ったのはやはり、1913年に出版された岩野泡鳴訳『表象派の文学運動』で

---

① ジャン・ピエロ著、渡辺義愛訳『デカダンスの想像力』(前掲、15頁)
② 吉田健一『英国の文学』(垂水書房、53頁、1959年)
③ ジャン・ピエロ著、渡辺義愛訳『デカダンスの想像力』(前掲、26頁)
④『立正大学人文科学研究所年報』別冊4、1983年

ある。この影響が昭和期まで長く尾を引き、小林秀雄や富永太郎をはじめとした当時の若い世代に極めて大きな衝撃を与えた。しかしながら影響力の観点からいえば、シモンズより、ワイルドの方がはるかに大きい。ワイルドが日本に最初に紹介されたのは、1883年に『シャパン・パンチ』誌がワイルドの日本訪問中止を告げる記事であった。明治末期になると、島村抱月、森鴎外、岩野泡鳴、本間久雄らによって盛んに紹介されていた。大正期に入ると、ワイルドの作品の翻訳は、彼に関する紹介文、論文が後を絶たず、いわゆるワイルドブームが到来する。

明治末と大正初期にかけて反自然主義として登場した「デカダン詩人」北原白秋は、後になって「この二つの思想（象徴主義と自然主義）は、奇異にも日本詩壇に於いては合流して、オスカア・ワイルド等の驕奢にして軽薄の美をも耀かす芸術至上の香芬となり、また悪の趣味の旋風となった」①と回想し、そのときの日本文学界において「自然主義」側と「反自然主義」側に分かれて鋭く対立していたかのように見受けられ勝ちだが、実際にはデカダンスの観念を挟んで両側から歩み寄っていた側面」②を裏付けるものだったのである。

中村光夫が日本の自然主義小説に言及したとき、「ロマンチック」小説の性格を強く帯びたと発言し③、さらに耽美主義と自然主義との関係に論及したとき、次のように総括している。

　両者は相対立する文学流派というより、むしろ父と子のそれに近いものでした。これらの新傾向を代表する作家は、いずれも自然主義に

---

① 『白秋全集』21巻（岩波書店、152頁、1986年）
② 『世紀末と漱石』（前掲、69－70頁）
③ 中村光夫『風俗小説論』（河出書房、60－61頁、1947年）

育くまれ、或ひは少なくともその強い影響をうけながら、その個性を生かす進路を別に求めた。そして、当時の文学界においてはもっとも反自然主義的と見られた谷崎の文学も、根本において、自然主義文学と同じ時代精神の双生児たる性格をもっているので、このことは彼の初期作品を理解するうえにとくに忘れてならない事実です①。

谷崎も晩年には自らの作品と自然主義文学との関連性を認め、次のように述べている。

佛蘭西の自然主義は知らないが、日本の自然主義の運動は、此の上品な寫實主義にあきたらないで起こったもので、これは確かに意義のある運動であった。紅葉の作物も出来のいいのはいいけれども、あまり伝統に囚はれた結果、醜悪な場面、露骨な場面をことさらに回避して、ひたすら優美に、綺麗事に走る嫌ひがあり、ただ常識的な上ッ面な世間しか見ていないと云ふ傾きがあった。(中略)兎に角日本の自然主義はあまり大した作物を生まなかったが、硯友社のマンネリズムを掃蕩した点において非常な功績があった。鴎外にしろ、漱石にしろ、荷風氏にしろ、また後輩のわれわれにしろ、自然主義ならざる者も何らとかの形で多少とも影響を受けた。今にして思へば、あの運動は、日本の文壇が一度はどうしても通過しなければならないのであった②。

---

① 中村光夫『谷崎潤一郎論』(株式会社日本図書センター、12頁、1992年)

② 谷崎潤一郎「『つゆのあとさき』を読む」(『谷崎潤一郎全集』20巻、中央公論社、284－285頁)なお、本書の中に引用した谷崎潤一郎の文章は『谷崎潤一郎全集』(中央公論社、1974年)により、旧漢字を新漢字に改め、ルビを省略した。

ここまでくると、明治35年以後大正期までの日本近代文学において、自然主義から象徴主義、耽美主義へとたどってきた変貌ぶりに、世紀末思潮の強い影響が見て取れる。

また、西欧の「世紀末」に見られたように、芸術諸ジャンルの相互の影響も日本に現れている。与謝野鉄幹・晶子の新詩社が白馬会系の新進洋画家たちと親交を結び、彼らによって『明星』や晶子の歌集『みだれ髪』の表紙には、ラファエル前派風の表紙絵が用いられた①。夏目漱石は、ロンドン留学中（1900－1902 年）に世紀末芸術の洗礼を受け、その後の小説には「しばしばアール・ヌーヴォーの装身具や建築といったディテールが登場し、自らの本の装丁までアール・ヌーヴォー風に仕立てた」②。

では、谷崎の場合はどうだろう。『スバル』系の詩人、北原白秋、木下杢太郎らは、美術同人誌『方寸』画家の石井柏亭、山本鼎らと、文学と美術との交流を図り、「パンの会」を催し、谷崎も時に参加したことがある③。谷崎の作品には、世紀末のグロテスクな絵画の影響が明らかに見て取れる。処女作「刺青」の中に出た二つの巻物の図柄から見れば、「瑠璃珊瑚を鏤めた金冠」や「羅綾の裳裾」を纏っている中国殷の紂王の寵妃「末喜」の姿には、前述したモローの「サロメ」の豪奢な面影が漂っている。さらに、「庭前に刑せられんとする犠牲の

---

① 芳賀徹『日本の「世紀末」』(前掲、223－226 頁)を参照。

② 尹相仁『世紀末と漱石』(前掲、131 頁)

③ 谷崎潤一郎「青春物語」(前掲、13 巻)を参照。

男を眺めている」「末喜」の風情は、いかにもビアズリーの画いた「ダンサーへの報酬」（The Dancer's Reward、1894年）の中で、血の雫を滴らせるヨカナーンの首を眺めている「サロメ」の表情そのものといえるだろう。もう一つの巻物「肥料」の中に描かれる「若い女が桜の幹へ身を倚せて、足下に累々と斃れて居る多くの男たちの屍骸」の場面は、まさにアドルフ・モッサの「彼女」の世界を再現したものである。さらに、「異端者の悲しみ」で章三郎が見た夢の、白鳥と戯れる裸女という図柄はモローの「レダ」を連想させ、谷崎がなんらかの経路でモローやビアズリーといった世紀末美術大家の養分を吸収したものであると推測される[①]。一方で、出版された単行本の中にある挿絵までも、世紀末絵画の雰囲気を漂わせている。大正８年８月に春陽堂より上梓された『人魚の嘆き　魔術師』の中での水島爾保布による挿画は、いかにもビアズリーの画風を想起させる。実は、この『人魚の嘆き　魔術師』は、ビアズリーの挿画によって飾られたワイルドの英訳版『サロメ』を意識してつくられたものである[②]。

---

① 岩佐壮四郎「「刺青」―＜宿命の女＞の誕生」（千葉俊二編『谷崎潤一郎　物語の方法』、有精堂、1990年）を参照。

② 山中剛史「挿画本『人魚の嘆き　魔術師』考 ―書誌学的視点から見たる大正中期潤一郎の審美観に就いての覚書―」（『藝文攷』４号、日本大学大学院芸術学研究科文芸学専攻、1999年）を参照。

アドルフ・モッサ、「彼女」、
1905年、ニース、ジュー
ル・シェレ美術館

モロー、「レダ」、
1865年、モロー美術館

ビアズリー、「ダンサーへの報酬」、1894年、『サロメ』挿絵

水島爾保布、1919 年、『人魚の嘆き　魔術師』挿絵

以上、日本の「世紀末」の特質はつぎのようにまとめられる。まず、西欧と同じく、日本における世紀末の影響は一時的なものではなく、20 世紀になっても依然として「普遍」的に存在していた[①]。そして、「自然主義文学」と「反自然主義文学」の内なる相似性は、それぞれ文学者たちに共通していた世紀末的文芸観を大きな背景としている。世紀末を近代性と同一視してい

---

① これについて、厨川白村が次のように述べていた：多くの人は此情調を名づけて「世紀末」Fin de siècle といふ、その意は前世紀の末に於て此情調の最も著しかったのを指したのである。然し世紀の区別の如きは固より人間が便宜上拵へたもので、思潮変遷の経路とは全く何の関するところも無い。十九世紀は二十世紀となっても依然として此情調は現今に於て共通普遍である。(厨川白村『厨川白村全集』第 1 巻、45 頁、改造社、1929 年)

た当時の文化エリートたちにとって、文学的主張が異なっても、西洋のような近代化への渴望は通底していた。これこそ、彼らが、「世紀末」文芸を共通の基盤として受け入れた理由なのである。

第三節　中国民国期におけるもう一つの「世紀末」

中国における「世紀末」に関する最初の紹介をつきとめることは難しい。しかし、1908 年 8 月に、『河南』月刊という在日留学生が創刊した同人誌の第 7 号に発表された迅行の「文化偏至論」は早期の文章の一つに違いない[①]。これは当時日本留学中の魯迅が「迅行」という筆名で書いたエッセイである。彼は、この文の中で、19 世紀ヨーロッパの「世紀末」への理解をつぎのように述べていた。

> 十九世紀になると、物質文明が興隆し、過去二千余年間の業績を傲然と見下すほどになった。（中略）久しく恩恵に浴していると、物質文明に対する信仰がますますかたくなり、しだいにこれを基準とあがめ、まるであらゆる存在の根本であるかのように思い、さらには精神界のあらゆることまで物質文明の鋳型にはめ、現実の物質生活を確固として動かすべからざるものとみて、これだけをひたすら尊崇するようになる。これもまた十九世紀の主潮の一派であり、今

① 肖同慶『世紀末思潮与中国現代文学』（安徽教育出版社、25 頁、2000 年）、孫隆基「世紀末思潮一前無去路的理想主義」（『二十一世紀』2 月号、香港中文大学、1995 年）を参照。

> 日まで尾を引いている。(中略) 大人や賢者は早くもその弊害を知って、憤慨し歎息した。これが十九世紀末葉に思潮の変化を生じた原因である。(中略) この潮流の根源は遠く十九世紀初葉の観念論の一派にある。それが十九世紀初葉になって、当時の現実の精神の影響をうけ、新形式を作り出して、前代の現実に反抗した。これが観念論の最新の一派とよばれるものである。(中略) この潮流を二十世紀文化の出発点とみることは早計であるが、それが将来の新思想の萌芽であり、また新生活の先駆でもあることは、事実の明示するところに照らしてみれば、多言を待たずして明らかであろう[①]。

そのとき日本留学中の魯迅はおそらく、日本語の中にすでに定着した「世紀末」という言葉を、そのまま使っていたと推測される。彼は西欧「世紀末」を「観念論の最新の一派」と見なし、その根源はニーチェやショーペンハウアーに代表される「十九世紀初葉の観念論の一派」に遡れるという見解は、当を得ているだろう。世紀末の芸術家たちの共有していたペシミズムはショーペンハウアーの著作に見出せ、世紀末20年間のフランスでは彼の名前は広く知れ渡り、その時代の最も深い影響を与え

---

① 訳の引用は「文化偏至論」(伊藤虎丸(代表)訳『魯迅全集』第1巻、学習研究社、1984年)による。故至十九世纪，而物质文明之盛，直傲睨前此二千余年之业绩。(中略)久食其赐，信乃弥坚，渐而奉为圭臬，视若一切存在之本根，且将以之范围精神界所有事，现实生活，胶不可移，惟此是尊，惟此是尚，此又十九世纪大潮之一派，且曼衍入今而未有既者也。(中略)大士哲人，乃蚤识其弊而生愤叹，此十九世纪末叶思潮之所以变矣。(中略)其根柢，乃远在十九世纪初叶神思一派；递夫后叶，受感化于其时现实之精神，已而更立新形，起以抗前时之现时，即所谓神思宗之至新者也。(中略)以是为二十世纪文化始基，虽云早计，然其为将来新思想之朕兆，亦新生活之先驱，则按诸史实所昭垂，可不俟繁言而解者已。(魯迅(迅行)「文化偏至論」、『魯迅全集』第1巻、人民文学出版社、1981年)

た思想家と見なされていた[①]。

魯迅は、こうした「新観念論派」の理論を活用し、中国の暗黒な現状を改造しようと述べた。彼は次のような二点を挙げている。一つは、「物質文明の否定」であり、もう一つは「個人の尊重」である。こうした魯迅の「世紀末」観は、実は前述した日本の「世紀末的思想」の底辺をなすものであるニーチェの個人主義と功利主義の否定といった性質を引き継ぐものである。

魯迅に続き、その弟周作人が、ワイルドの「幸福な王子」を中国語に訳し、紹介した[②]。しかし、そのときの中国においては「世紀末」文芸を受容する条件はまだ整っていないので、以後翻訳は途絶えてしまった。1910年代後半になると、外国の文学潮流が盛んに中国に紹介されるにともない、西欧「世紀末」文芸への関心も高まってきた。その中で、もっとも影響力を与え、広く受容されたのはワイルドの作品である[③]。1910年代後半に入ると、ワイルド作品の翻訳があとをたたず、ブームとなった。その代表的なものを挙げてみると、潘家洵訳「ウィンダミア婦人の扇」[④]、耿式之「つまらぬ女」[⑤]、張聞天、汪馥泉訳『獄中記』[⑥]、田漢訳「サロメ」[⑦]などであるが、それ以外にも

---

① ジャン・ピエロ著、渡辺義愛訳『デカダンスの想像力』(前掲、83－90頁)を参照。

② 中国語題名は「快楽王子」であり、『域外小説集』に収められた。

③ 中国におけるワイルド作品の翻訳および受容状況に関する代表的先行研究として、周小儀「莎楽美之吻:唯美主義、消費主義与中国啓蒙現代性」(『中国比較文学』、2001年第2号)や張介明「王爾徳研究在中国」(『塩城師範学院学報』(人文社会科学版)第25巻1期、2005年)などが挙げられる。

④ 中国語題名「扇誤」(『新潮』第1巻3号、1919年)

⑤ 中国語題名「一個不重要的婦女」(『小説月報』第12巻512号、1921年)

⑥ 中国語題名「獄中記」(1922年5月4日から14日まで『民国日報』覚悟副刊で連載)

⑦ 中国語題名「沙楽美」(『少年中国』第2巻9号、1923年)

夥しい数にのぼる。訳者のほとんどは日本滞在経験のある留学生である点からみれば、中国におけるワイルド流行は大正期日本におけるワイルドブームに負うところが大きい。しかし、中日両国のワイルド受容は異なった様子を呈していた。日本では、ワイルド作品の翻訳のほかに、彼に関する論文もいくつか発表された。たとえば、1911年3月の『早稲田文学』に掲載された本間久雄の「オスカー・ワイルド論」が挙げられる。この論文は35頁の長文で、ワイルドは獄中生活を通じてその芸術観が人生観上のものへと発展したという独自の見解を示した①。これに対し、同時期の中国におけるワイルド受容はただ紹介、翻訳の段階に止まり、本格的な研究論文はほぼ皆無であった②。また、日本のワイルド受容はノルダウの影響を受けて、デカダン論の中で紹介されたのに対し、中国では、ワイルド作品はさまざまな外国文学思潮が順序をかまわず入り乱れた中で紹介された点に特徴があった。一方、20年代初頭の中国知識人がワイルドを翻訳した目的は、既成社会への反抗という大きな特徴を有し、ワイルド文学を研究するという本来のあり方から乖離してしまったといえざるを得ない。田漢がこのような傾向を示した代表人物であった③。

ワイルドのほかに、ボードレールの作品も注目されるようになった。ボードレールを最初に中国に紹介したのは周作人である。1919年に発表された詩集『小河』の中で、彼はボードレールに言及し、後にボードレールの散文詩も訳した。此れに続き、

---

① 佐々木隆「明治時代のワイルド受容」(『武蔵野短期大学研究紀要』13、1999年)を参照。

② 張介明「王爾徳研究在中国」(前掲)を参照。

③ 田漢『田漢文集』14巻(中国戯曲出版社、197頁、1983年)を参照。

田漢は1921年に「悪魔詩人ボードレールの百年祭」（中国語題名「悪魔詩人波陀雷爾的百年祭」）を発表した。この文は、「神と悪魔」、「ボードレールの生涯」、「ボードレールの特色」、「ボードレールの主義」、「芸術家の宗教」という五節から構成され、中国における最初の本格的ボードレール論である。田漢のボードレール論を全体的に見渡せば、「近代的」なデカダンスの旗を掲げて、社会と宗教の道徳に反逆する「悪魔詩人」というボードレール像がはっきりと見て取れる[①]。

ただし、20年代初頭の中国知識人たちはワイルドやボードレールを盛んに翻訳したとは言うものの、世紀末精神をどれぐらい理解していたのかは疑問である。ワイルド文学から既成社会への反抗しか見て取れず、あるいはボードレールから死や腐敗、臭気といった表現にのみ注目し、これをデカダンスと見なした模倣者が少なくない。

では、なぜ中国知識人はデカダンスを求めたのだろうか。日本経由で「世紀末」思潮を受け入れた中国の文学者は、明治末期の日本知識人と同じく、「デカダンス」を「近代」と直結する思考形式と理解していたからである。しかし、明治40年代すでに文明開化を達成した日本と、20世紀20年代初頭、半封建社会のもとでもがいていた中国とでは、出発点が根本的に違っている。したがって、田漢らは、ワイルドやボードレールの翻訳に力を尽くす傍ら、「詩人与労働問題」、「第四階級の婦人運動」などの社会問題をテーマにした論文も発表している[②]。これは

---

① 趙怡「「悪魔詩人」と「漂泊詩人」—田漢の象徴詩人像と日本文壇の影響」（『比較文学研究』1999年）を参照。

② 趙怡「「悪魔詩人」と「漂泊詩人」—田漢の象徴詩人像と日本文壇の影響」（前掲）を参照

おそらく外来思潮の移植過程で生じたズレの現れであろう。

「世紀末」思潮を本格的に受け入れたのは、おそらく『金屋月刊』に群がる一グループの文学者たちであった。20 世紀 30 年代初頭の上海は、百貨店、カフェ、ダンスホール、競馬場の出現とともに、西洋の最新作品集と雑誌も簡単に入手できる、いわゆる「ブルジョア的なモダン」社会に入ったという。「世紀末」思潮の移入のための物質的な条件がこうしてようやく整ったといえるだろう。

こうした背景の下、1929 年 1 月、邵洵美（1906－1968）①と章克標（1900－2007）②が共同編集した『金屋月刊』が誕生した。編集者の邵洵美はイギリスに留学した経歴があり、スウィンバーンやボードレール、ヴェルレーヌなどの「世紀末」作家にたいへん心酔していた。彼はボードレールの「悪の華」から影響を受け、自らの詩集を『花一般的罪悪』③と名づけた。ビアズリーの詩集を訳し出版したこともあった④。

金屋書店によって出版された『金屋月刊』はイギリスの雑誌『イエロー・ブック』（Yellow Book）に倣おうとし、装丁に金色の表紙を使い、中は黄色い唐紙で、大変目新しかった」⑤ と娘

---

① 邵洵美、詩人、出版者、翻訳者、獅吼社メンバー。これまで正面から評価されない彼の作品は、近年に入って再評価をしようとする傾向が見られる。『邵洵美作品系列』5 巻（『詩歌巻・花一般的罪悪』、『随筆巻・不能説謊的職業』、『芸文閑話・一個人的談話』、『小説巻・貴族区』、『回億録・儒林史』が収められた。上海書店出版社、2008 年）や、邵洵美の妻および娘による回想録、『盛氏家族•邵洵美与我』（盛佩玉、人民文学出版社、2004 年）、『我的爸爸邵洵美』（邵綃紅、上海書店出版社、2005 年）が出版された。

② 章克標の経歴に関しては、本論文に添付した「章克標年表」に詳しい。

③ 金屋書店、1928 年。

④ 浩文（邵洵美の筆名）『琵亜詞侶詩画集』（金屋書店、1929 年）

⑤ 邵綃紅『我的爸爸邵洵美』（上海書店出版社、2005 年）を参照。

の邵絢紅が回想している。この雑誌の定価は2角8分で、約160頁あった（第9,10期合刊は4角、359ページ）。同時期に出版されていた雑誌の定価と比較すれば、やや高いせいか、2000冊だけ刷っても売り切れないことが常であった。そもそも、邵洵美が金屋書店を開いた目的は、儲けることではなく、ただ単に本を通じて友達を作ろうということであった。章克標も専任編集者ではなく、金屋書店との関係は雇用関係ではなかった。『金屋月刊』は商業雑誌ではなく、一種の同人誌であろう。

『金屋月刊』第1期に掲載された最初の文章、「色彩と旗印」（中国語題名：色彩与旗幟）は、ワイルドの「芸術のための芸術」というスローガンを受け継ぎ、盛んに「世紀末」文学を唱えた。雑誌の内容からみれば、まず、翻訳紹介の面において、『金屋月刊』はスウィンバーン、ペイター、ワイルド、谷崎潤一郎、などという西洋と日本の耽美主義者の主張と作品を系統的に紹介した以外に、堀口大学やアソリンなどモダン派の詩人、作家の名前も挙がっている。創作の面において、章克標をはじめとする文学者たちは、日本の新感覚派の手法を取り入れ、都市生活を主題とする試作も発表した。なお、章克標の創作については後述する。

『金屋月刊』は1930年9月に終刊し、全1巻12期を出した。その2年後の1932年5月1日に、『現代』雑誌が創刊された。その頃は、ちょうど上海事変によって商務印書館が爆撃され、『小説月報』が停刊に追い込まれた直後で、上海には大型小型を問わず文学雑誌は一つもなかったので、タイムリーな創刊であった。創刊号は全198頁、定価は3角（30銭）でまだ安いくらいであった。普通の文芸雑誌なら2000冊売れたらたいしたものであるのに対し、『現代』の創刊号は二度刷り増しをしたので、販売数はおよそ 6000 冊という大きな反響を巻き起こしたという[①]。その主要編集者の施蟄存は、「中国におけるはじめてのモダニズム文学流派」[②]の代表人物として、当時の文壇から注目を受けた華やかな存在であった。彼は文学創作当初から、フロイト理論[③]や意識の流れといったモダニズム手法に始終関心を持ち、20 年代末から 30 年代初頭にかけて、「鳩摩羅什」、「石秀」、「在巴黎大劇院」などの心理分析小説を次々と発表した。

しかし、30 年代後半に入ると、日中戦争および内戦の影響で、施蟄存は創作する環境を失い、筆を折った。それ以降 40 年代後半に入ると、社会主義の勝利によって、モダニズム文学存続の土壌がなくなり、末路をたどった。一方で、日本における「世紀末」文学は、自然主義文学が芽生え、谷崎に代表される反自然主義文学を経て、戦後の川端康成や三島由紀夫らの手によって定着し、一つの大きな流れを形成したといえるだろう。

① 施蟄存「私と現代書局」(『砂の上の足跡——或る中国モダニズム作家の回想』(施蟄存著、青野繁治訳、111 頁、大阪外国語大学学術出版委員会、1999 年)を参照。

② 厳家炎『中国現代小説流派』(人民文学出版社、125 頁、1989 年)を参照。

③ 林基成「弗洛伊徳学説在中国的伝播：1914－1925」(『二十一世紀』第 4 期、1991 年)の研究によれば、中国におけるフロイトに関する最初の紹介は、1914 年 5 月の『東方雑誌』に掲載された銭智修の「夢之研究」という文である。これに続き、フロイトの学説は翻訳されるようになり、1921 年から 1923 年にかけて、フロイトに関する翻訳紹介がブームとなった。

第二章　谷崎潤一郎と中国

第一節　谷崎の二回の中国旅行と中国知識人

谷崎の作品を論じるとき、「悪魔主義」時代、「異国趣味」時代、「伝統回帰」時代などの時代区分法が常に用いられるが、その中で、「異国趣味」時代に内包された「支那趣味」時代は、一見「伝統回帰」時代と対立して存在する一項である。しかし、その「支那趣味」時代に描いた作品には、前期作品の特徴だったマゾヒズム、デカダンティズムのような悪魔的な要素もよく見られるが、古典志向的な要素も散見される。とすれば、「支那趣味」作品の位置づけをもう一度考え直す必要があると思う。そこで、本節は谷崎の二回の中国旅行を考察することを通じて、谷崎の「支那趣味」の全貌をたどってみたい[①]。また、谷崎の中国観をも併せて考察したい。

谷崎の自叙伝「幼少時代」[②]によれば、谷崎は幼い頃から稲葉清吉や野川閒栄から薫陶を受けて、中国古典の素養を身につけた。1901 年、15 歳の少年であった谷崎は東京府立第一中学の「学友雑誌」第 35 号に「牧童」と題する次のような漢詩を寄せた。

牧笛聲中春日斜　青山一半入紅霞
行人借問歸何處　笑指梅花溪上家[③]

この詩の趣きは人口に膾炙している杜牧の「清明」に似通っていることは明らかである。

清明時節雨紛紛　路上行人欲断魂
借問酒家何処有　牧童遥指杏花村

---

① 近年来、谷崎の「支那趣味」を取り上げる論文や著作の傾向は、主に次のようなものである。まず、川本三郎が『大正幻影』(筑摩書房、1997 年)において、「現実より幻想を大事にする佐藤春夫や谷崎潤一郎は中国大陸の悠然たる汚れをむしろ逆転して美化してしまい、そこに現実とは違った「空想としての支那」のユートピアを構築していく」と谷崎自身のロマンチックな素質から分析している。また、野崎歓が『谷崎潤一郎と異国言語』(人文書院、2003 年)において、谷崎の支那体験と他の日本文学者たちとの違いは中国語にあるという言語の視点から谷崎の中国観を捉えていて、独創性があると思う。さらに、西原大輔が、『谷崎潤一郎とオリエンタリズム—大正日本の中国幻想』の中で、エドワード・サイードのオリエンタリズム論を援用し、谷崎の「支那趣味」作品をオリエンタリズムの産物だと断言することによって、谷崎を帝国主義に協力するオリエンリストとして仕立て上げることになる。

② 谷崎潤一郎「幼少年代」(前掲、第 17 巻)

③ 辰野隆「旧友潤一郎」(『文芸読本　谷崎潤一郎』、河出書房新社、1977 年)を参照。

無論、明治生まれの文人として、漢学素養を引き継いでいたことは考えられるが、谷崎初期作品を考察するに当たり、その中国古典への造詣は看過できないものである①。初期作品「刺青」、「麒麟」を発端として、谷崎は紂王の寵妃「末喜」や「南子夫人」などの中国の古典的悪女の系譜を描き、「支那趣味」の幕が開いた。中国を旅行する直前でさえも、「玄奘三蔵」、「魚の李太白」など中国と直接関係を持つ作品を何篇も発表している。こうした中国への憧憬を抱えながら、谷崎は第一回中国旅行を始めた。

その経過を簡単にまとめてみれば、次のとおりである。1918年10月9日に関釜連絡船に乗って、釜山に到着。10月17日新義州を経て旧満州の奉天に着く。山海関、天津、北京、漢口、九江、廬山、南京、蘇州、上海など各地をめぐって2か月ほど周遊した。12月7日上海で乗船し、12月10日神戸に上陸した。この2か月の旅程の中で、注意すべきところは、谷崎が天津と北京でおよそ12日間滞在したのに対し、この12日の体験をもとに描いた作品は「或る漂泊者の俤」の一篇だけだが、九江、廬山、南京、蘇州、上海など南の都市の遊歴に基づいて、「蘇州紀行」、「廬山日記」、「秦淮の夜」、「西湖の月」などの作品を数多く産み出したことである。これは確かに谷崎が「西湖の月」で言った「南へ南へと行くに従って支那はだんだん美しくなる」という大自然に恵まれた地理的

---

① 原田親貞の「中国文学と谷崎潤一郎(1)」(『学苑』350号、昭和女子大学近代文化研究所、1969年)によれば、中国旅行に行く前に中国と関連のある作品は「誕生」(1910年)、「刺青」(1910年)、「麒麟」(1910年)、「神童」(1916年)、「人魚の嘆き」(1917年)、「玄奘三蔵」(1917年)、「異端者の悲しみ」(1917年)が挙げられる。取材は『史記』、『論語』、『唐詩選』などである。

な要素もあるが、もっと深く究めれば、谷崎が、「かう云ふ美しい国土と住民との間に生まれゝば、笠翁の詩劇にあるやうな縹緲とした空想が育まれるのも無理はあるまい」と述べているように、創作上の都合という面もあるのではないだろうか。

上記の紀行文の中で、随所に中国の風景を日本の風景に準える部分が見られる。例を挙げてみると、

蘇州の輿は北京や南京辺のよりずっと上品に綺麗に出来ている。なんとなく日本の王朝時代の乗り物に髣髴としていて[①]。

天平山といふ山は、山といふよりも山の模型といった方がいいくらいに可愛らしい。無論東京の愛宕山ほど小さくはないが、武州の高尾山なんかに比べればずっと低い[②]。

五湖とは太湖の事であって、あの山の頂に登れば、比叡山から琵琶の湖を瞰下すやうに展望する事が出来るさうである[③]。

中国の風景を日本の風景に例える表現から、谷崎が江南水郷に対する感動は、「「支那」の国土を「日本」として、享楽の対象として発見し直し、日支の風景との類似性を強調することにより両国の境界線は段々薄くなり、延長されていく。帝国日本

---

① 谷崎潤一郎「蘇州紀行」(前掲、第6巻、231頁)

② 同上、231頁。

③ 同上、236頁。

を代表する立場の機関の視線と同調している」[①]ものだと陳玫君は指摘している。しかし、谷崎のこうした感想を簡単に「帝国日本を代表する立場の機関」と同じ視線を持っていると片付けてはいけない。旅行直後に書いた「鮫人」の中に、つぎのような述懐がある。

> 自分は既に支那から帰ってきた。日本の過去の文明の親であり深淵であった彼の貴い大陸に別れて、自分は永久に日本人として此処に斯うして居る。（中略）自分は結局東洋人であるから、藝術においても東洋主義を離れたくない[②]。

ここからみると、谷崎は、日本で見慣れている風景を中国で再発見した時、まるで「日本の過去の文明の親」を見つけたような感銘をうけた。それは幼い頃から憧れていた中国の古典的風情が彼の心に強く根付いていたことによるものであろう。

実は、谷崎は一途に中国の美景、美食、美人に陶酔しているわけではなかった。彼は中国の現実をさまざまな視点から観察していた。まず「蘇州紀行」、「廬山日記」などの紀行文で、彼は観光客の視点で、中国の現実を見つめている。「蘇州紀行」で、「此の小僧のやうに、十七八の時分から支那人を犬猫の如く取り扱ふ事ばかり覚えて、それで一と角の豪傑になった積りの日本人ばかりが、支那に沢山入り込まれては支那も随分迷惑だらう」[③]と自分の同胞を批判した。さらに、日本人の女将が「日

---

① 陳玫君「谷崎潤一郎と芥川龍之介による「支那」の表象―紀行文を中心に」（『広島大学院教育学研究科紀要』第二部第52号、2003年）を参照。

② 「鮫人」（前掲、第7巻、57－58頁）

③ 谷崎潤一郎「蘇州紀行」（前掲、第6巻、234－235頁）

本人を儲けさせるのはようございますが、支那人に金をやるのは一文でも惜しうございますから」と言ったとき、谷崎はその言葉が「ひどく癪に触っ」て、「支那人に対する態度を慎重にしてほしい」と述べた。政治に無関心な彼にとって、こうした言論は実に珍しい。

第一回の中国旅行を通して、谷崎は西洋を思わせる近代都市の天津や上海を歩いて、「ヨーロッパの地を踏んでいる」ようなモダンで自由な雰囲気を味わえたと同時に、古い時代の面影を髣髴させる蘇州、南京などの、長閑な中国江南の風景にも心酔していた。後に、彼は次のように回想している。

> 大正七年に私が支那に遊んだのは此の満たされぬ異国趣味を纔かに慰めるためであったが、旅行の結果は私を一層東京嫌ひにし、日本嫌ひにした。なぜなら、支那には前清時代の俤を伝へた、平和な、閑静な都会や田園と、映画で見る西洋のそれに劣らない上海や天津のやうな近代都市と新旧両様の文明が肩を並べて存在していた。過渡期の日本はその一つを失って、他の一つを得ようともがいている時代であったが、自分の国の中に租借地と云ふ「外国」を有する支那に於いては、此の二つが相犯すことなく両立していた①。

谷崎が半封建半植民地の中国を「新旧両様の文明が肩を並べて存在していた」と捉えたのに対し、芥川龍之介は「上海遊記」で、「現代の支那なるものは、詩文にあるやうな支那じゃない」と厳しく谷崎の中国観を批判したことがあった。しかし、彼の旅行の動機及び唯美作家としての体質から考えてみると、芥川

---

① 谷崎潤一郎「東京をおもふ」（前掲、第21巻、9頁）

のような現実に根ざしたジャーナリスト的な姿勢はどうせ不可能であろう。

1926 年 1 月 13 日に、谷崎は長崎発の長崎丸に乗って、再び海を渡って上海を訪れた。この二度目の上海旅行は谷崎にとって一種の西洋の補償であった。彼は上海にほぼ 1 カ月間滞在し、前回の旅行で実現できなかった中国の新進文士と深い交流をするという念願もかなったのに、「上海見聞録」、「上海交遊記」という 2 点の回想風のものしか残さなかったことは、疑問である。そこで次は、二度目の上海旅行が谷崎の中国観の変遷にどのような役割を果たしたのかについて探ってみたい。また、中国側は谷崎のために「九十人からの支那青年が集まってくれ、午後三時から夜の十二時まで続いた程の盛んな宴会を催してくれた」ほど厚遇したことから、そこにどのような中国社会の現状が反映されているのかについて考えてみたい。

「上海交遊記」によれば、谷崎は上海に着いて間もなく、三井銀行の支店長をしている旧友の T 氏に招かれて、「功徳林」という精進料理屋へ行った。席上、谷崎は次のような話に驚いた。「現在の支那には青年文士芸術家の新しい運動が起こりつつあって、日本の小説や戯曲など、目欲しいものは大概彼等の手に依って支那語に訳されている」①。1920 年代の中国文壇は、確かに 1918 年の中国とは同一視できない存在である。中国近代文学の誕生は、1918 年まで遡ることができる。この年、魯迅が雑誌『新青年』第 4 巻第 5 号に、中国現代文学初の口語作品「狂人日記」を発表することによって、中国新文学の序幕が開いた。中国の近代文学が勃興し始めたのはやはり五四運動以降のこと

---

① 谷崎潤一郎「上海交遊記」(前掲、第 10 巻、563 頁)

である。1920年代の中国文壇は、1919年の五四運動の洗礼を受けて、文学結社の創立、外国文学の翻訳、新しい雑誌の創刊など、幅広い分野で、大きな展開を見せた。この中で、注目すべき事柄は1921年、中国現代文学史上、もっとも影響力をもっていた 2 つの文学結社——文学研究会および創造社の成立である。この2つの結社の後、さまざまな文学団体が雨後の筍のように現れ、活動し始めた。不完全な統計だが、1921年から1923年までの 3 年間に、中国全土に創立された文学結社の数は 40 あまりで、刊行された文芸雑誌は50種類以上にも達していた①。1925年、つまり谷崎の第二回中国旅行の前の年までに、結社と文学雑誌の数が倍増して、百以上もあった②。翻訳文学も盛んに行われていた。

谷崎はたまたまこのような「好い潮時にやってきたので」、大歓迎を受けた。数日後、「宮崎君」の紹介で、谷崎は内山書店主人の内山完造と知り合った。内山は「今の支那人の新知識は、殆ど大部分が日本語の書籍を通して供給される」、「現在の支那に於ける日本語は、ちゃうど往年の日本に於ける英語の役をしている」、「文学に於いては、日本留学生出身がもっとも社会から認められ」るなどという中国社会の現状を谷崎に紹介した。さらに、内山の斡旋によって、谷崎念願の「顔つなぎの会」が開かれるようになった。日本側は谷崎や内山をはじめとした上

---

① このデータについては、唐沅、韓之友等「中国現代文学期刊目録匯編」(天津人民出版社、1988年)、北京図書館「民国時期総書目」(書目文献出版社、1986年)を参照した。

② このデータについては、唐沅、韓之友等「中国現代文学期刊目録匯編」(天津人民出版社、1988年)、北京図書館「民国時期総書目」(書目文献出版社、1986年)を参照した。

海滞在の日本人数人が出席したのに対し、中国側の出席者は郭沫若、謝六逸、田漢、方光燾、徐蔚南、唐越石であった。席上で、当時日本作品の中訳本の出版状況、劇壇の様子をめぐって話に花が咲いていた。谷崎も「目下の支那はわれわれの「新思潮」時代ですな」と感懐を述べ、郭沫若も田漢もこれに頷いて、「何といってもまだ恥ずかしい状態です」と謙遜した。散会後、谷崎は郭沫若、田漢を自ら泊まっている一品香ホテルにも誘ってきた。三人は、紹興酒を飲みながら、深い話をし始めた。「われわれの国の古い文化は、目下西洋の文化のために次第に駆逐されつつある。（中略）われわれの故郷の田園は荒れ、農業は衰へる。此れがみんな、もとはと言へば外国人のし出したことだ」と郭沫若は言った。これに対し、谷崎は「排外思想は北京や上海のやうな都会にあるだけで、田舎へ行けば支那の百姓はいまでも呑気に、（中略）悠々と暮らしている」、「都会に富が集注して田舎が疲弊して行くのは、世界的な現象なので、支那に限ってはいないでしょう」と考えを述べたが、郭沫若はきっぱりと否定した。谷崎の唱えていた芸術至上主義が、「プロレタリア文学」へと傾斜しはじめた郭沫若や田漢たちにとって、受け入れがたかったのと同じく、郭沫若や田漢の掲げている文学趣旨に対し、谷崎も首肯しかねたということなのだろう。

こうして、中国知識人との会話を通して、それまでのロマン的でデカダン的な中国像が砕かれた谷崎はそれ以後「支那趣味」作品の創作を断念した。一方で、谷崎は上海の風俗を見て、「西洋かぶれをした都会」という評価を下した。と同時に、「それまで浸っていた日本の西洋模倣の安易さも再認識したはずである。いわば谷崎は上海を鏡にして自国の欧風文化を写し出す一種の文明批評的視点を持つことができたのである」[①]。此の意味から見れば、今回の旅行は、谷崎にとって後の「古典回帰」への重要なステップにもなったと考えられる。

第二節　民国期における谷崎潤一郎作品の翻訳紹介状況について

中国においては、谷崎は日本耽美派の先駆者として、また「腐りきった」資本主義文学の代表者として批判の対象となり、また時には、田漢のよき友[②]として、中国の文壇・読者たちに知られていた谷崎文学は、時の移り変わりによって、異なる評価のもとに読まれていたのである。中国での谷崎潤一郎のこうした変化に富んだ受容史は、或る意味で目まぐるしい近代中日関係の証言として読めるのと同時に、紹介者・訳者たちそれぞれの異彩に富んだ文学活動とも深く関わっていると考えられる。

そこで、本節では以下の二点に着目したいと思う。まず、異文化への橋渡し役としての翻訳者たちの素顔を明らかにしようとする。彼らは、なぜ谷崎を選び、どのように作品を選択し、翻訳により、なにを伝えようとしたのか、それらをたどってみようと思う。また民国期における谷崎翻訳作品の目録を作成して、このデータを基礎として、翻訳状況の特徴

① 野口武彦『谷崎潤一郎論』(中央公論社、140 頁、1981 年)に拠る。
② 谷崎潤一郎著、田漢訳『神与人之間』(中華書局、1934 年)を参照。

を考察したいと思う[①]。

一、翻訳紹介状況

谷崎潤一郎に関する最初の紹介をつきとめることはむずかしい。しかし、1918年4月19日の北京大学文科研究科小説研究会で周作人が行った「日本近三十年小説之発達」という講演は、谷崎潤一郎に言及した早期のものの一つに違いない。その中で、周氏は「谷崎は東京大学出身で、荷風と同じ文学流派に属している人物である。氏の作品はデカダン的な色合いが濃い。「刺青」や「悪魔」は名作であり、彼の特色が見られる」[②]と谷崎のことを中国の読者に紹介した。これを契機として、谷崎の名が知られるようになったと思われる。

しかし、谷崎作品の最初の中国語訳が発表されるのは、6年後の、1924年のことであり、訳者は穆儒丐である。穆氏の生涯については、村田裕子「一満州文人の軌跡——穆儒丐と『盛京日報』文芸欄」[③]という詳細な研究を参考にして、簡単に紹介したい。穆儒丐は1880年代前半に北京で生まれた満州旗人である。青年時代早稲田大学に留学した。1911年に帰国、1916年から、瀋陽の『盛京日報』を主な舞台にして、「徐生自伝」、「北京」などの小説を多数書くと同時に、外国文学の翻訳にも力を入れ

---

① 中国における谷崎の翻訳および受容という視点で捉えているものとして、張能泉「中国現代文壇対谷崎潤一郎的翻訳与接受」（『日本学論壇』第4期、2007年）と銭暁波「中国における日本耽美文学研究の諸問題—谷崎潤一郎をその中心として」（『言語と交流研究会』第5号，2002年）が挙げられる。

② 拙訳。原文は以下のとおり：谷崎润一郎是东京大学出身。也同荷风一派，更带点颓废派气息。刺青恶魔等都是名篇。可以看出他的特色。（周作人「日本近三十年小説之発達」、『新青年』第5巻第1号、群益書社、1918年）

③ 『東方学報』第61冊、京都大学人文科学研究所、1989年

ている。1924年1月19日から30日、『盛京日報』に穆訳の谷崎「麒麟」が連載されている。訳文は飄逸で、原文の古風な雰囲気を忠実に再現したというべきであろう。訳文の前に谷崎に関する紹介の記述がある。

明治時代の日本には文豪がたくさん現れた。しかし、中国の学生たちは彼らの名をほとんど知らなかった。これらの新進作家の中に特に私を敬服させる一人がいる。彼の名前は谷崎潤一郎である。氏の文章と思想は、すでに明治文壇を乗り越えてしまって、世界的な大作家となった。（中略）氏の作品はどれも念入りに作りこまれている。心理に関する描写は非常に細やかで、本当に行き届いているといえる。その素材はだれでも知っているような目のまえに起こったことだが、氏の描写を経るや、たちまち現実を超越し、変幻自在の域にいたっており、氏は確かに芸術の天才である。そのため、私は文学を志す青年たちに、氏の作品をいくつか紹介しようと思う[①]。

上の文は、中国においておそらく周作人のものに次いで最も古い比較的まとまった谷崎評といえるだろう。周作人が谷崎を「デカダン的」な作家とおおまかに紹介したのとは違って、穆氏は「芸術の天才」と谷崎を激賞し、四百字にもわたって、細かく中国の読者に紹介した。その姿勢に、彼の意図が端的

---

① 拙訳。原文は以下のとおり：明治时代，日本出了许多大文豪。中国学生，差不多都不知道。最近的作家，日本现有一个宁馨儿，便是谷崎润一郎。他的文章和思想，把明治文坛已然突破了。由日本式的作家，变成世界的大作家。（中略）没有一篇不是精心结撰，心理的描写，真乃无微不至。他的取材，都是人人所知眼前之事，不过经他一描写，便超入空灵之域。他真是艺术的天才，所以我愿意把他的作品，向我们有志文艺的青年，介绍几篇。（『盛京時報』、盛京時報社、1924年1月19日）

に示されている。それは谷崎の作品を通して、「耽美主義」という新風を吹き込もうという文学的な企てというよりは、むしろ谷崎の小説の作法を紹介しよう、という文学啓蒙的な特色を帯びているととらえずにはいられない。さらに、1920 年代初期に「文化の砂漠」と呼ばれた満州文化界の状況を念頭におけば[①]、穆氏の苦心も理解できるだろうか。

これを皮切りに、南溟（不詳）が谷崎の「或る犯罪の動機」を訳し、雑誌『太平洋』に発表した。しかし 1924 年以降、1927 年までの 3 年間、谷崎潤一郎についての翻訳は一時途絶えてしまう。勿論、リストから漏れた可能性もあると思うが、此の 3 年間は谷崎作品翻訳の低迷期といえよう。

しかし、前述したように、1926 年の第二回上海旅行期間中、谷崎が中国文学者たちと盛んに交流したことを念頭におけば、中国国内で「谷崎ブーム」が起こったことは十分ありうると推測するが、残念ながら、1926、1927 年に刊行された谷崎作品の翻訳は管見の限り見られない。ただ田漢は、松村梢村宛の手紙で谷崎に言及している。その一節を引用すると、

> 谷崎潤一郎先生が上海に来遊中やはり始終僕達と一所に遊びました。
>
> 初対面の晩、僕と郭沫若兄が谷崎さんと一緒に氏のとまっている旅館一品香に（ママ）長談しましたが、谷崎氏の支那観があまり月並みで日本の実業家や衆議院議員の連中と大差がないから僕と郭さ

---

① 村田裕子「一満州文人の軌跡——穆儒丐と『盛京日報』文芸欄」（前掲）

んがかなり失望しました[①]。

当時すでに左翼革命思想の影響をうけていた田漢は、谷崎の「都会に富が集注（ママ）して田舎が疲弊して行くのは、世界的な現象なので、支那に限ってはいないでしょう」[②]というような言論に対し、多少不満を覚えたということは考えられないこともないであろう。

1928 年に入ると、中国文壇の状況は一変した。外国の文芸思潮の波が中国全土を席巻した一方で、中国の左翼文学の勢いも盛んになる。そのような状況を背景として、谷崎の作品が数多く翻訳され、広く読まれるようになった。この年、文学研究会の沈端先（夏衍）は「富美子の足」を翻訳し、同年楊騒訳の『痴人之愛』が単行本として出版された。この二人は経歴から見ると、幾つかの共通点が見られる。まず、学歴からいえば、二人とも日本に留学した経験がある。また、二人とも後に左翼作家連盟の中心メンバーとなる。また、楊騒訳『痴人の愛』の序言に書かれていることが、興味をそそられる。「『痴人の愛』という小説は、谷崎の「倒錯的な女性」を描写する作品の中では傑作であり、彼の代表作でもある」[③]と楊氏はいう。つまり、楊氏の『痴人の愛』評の主眼とするところは、「倒錯」への礼賛であろう。これは多分、彼は左翼

---

① 田漢「上海通信」。初出は『騒人』第 1 巻第 3 号である。初出は未見で、ここでは、小谷一郎、劉平編の『田漢在日本』（人民文学出版社、30 頁、1997 年）を参照した

② 谷崎潤一郎「上海交遊記」（前掲、第 10 巻、563 頁）

③ 拙訳。原文は以下のとおり：这篇《痴人之爱》，是他描写‘反常底女性’的作品中一部杰作，而且是他的一部代表作（谷崎潤一郎著、楊騒訳『痴人之愛』、北新書局、1928）。

文学者としての立場から、谷崎作品の「倒錯」は男尊女卑の伝統的な思想を批判するものであり、旧道徳に反抗するものとして捉えていたのではないかと考えられる。こうして楊氏は前述の穆儒丐のように、「文学啓蒙」といった目的とは異なって、すでに政治思想を宣伝するために、谷崎作品の翻訳に努めようという動機を持っていた。なお、沈端先がいかなる動機、関心から谷崎の作品を翻訳したかは不明であるが、「左傾路線」の影響で、当時の「自由不羈」、「情緒的」を標榜する文学者たちは、谷崎作品から巨大なインパクトを受けたと考えられる。また、沈氏訳の谷崎作品が初めて中国新文学を代表するメジャーな雑誌『小説月報』に発表されたことは、大きな意義を持っている。

これに続き、翌年の『小説月報』第 20 巻第 7 号に載った謝六逸「二十年来の日本文学」は、谷崎の作品及び特色について、かなりの紙幅を割いて紹介した。謝氏は早稲田大学に留学した経験があり、文学研究会のメンバーであった。彼は谷崎作品に対する自分の感想をこう語っている。

> 彼の創作態度はほかの作家と同じように、真実を求めたいということであるが、彼は現実（real）を求めたくないのである。或るときは、科学の中に求めようとするが、またときには変態の中にそれを求めようとする。彼はひとえに現実から逃れようとして、それで、或るときは悪魔主義の中に浸り、また時には変態心理に深く入りきり、あるいは「ヒステリー」（hysterie）を探求する。彼は科学の賛美者であるが、意図的に現実から逃れようとする人でもある。言い換えれば、彼は現実における平凡と単調を破壊しようとして、科学の中に異常なものを

見つけ出そうとする。あるいは科学を借りて、異常な事柄を際立たせている。要するに、彼は日本文壇に新要素を捧げた人物である[①]。

このくだりから、「科学」というまったく新しい側面から谷崎の作品世界に接近しようとする訳者の意図がみえて興味深い。ここで言っている「科学」というものは、おそらくフロイトを代表とする精神分析的な文学研究方法を指しているのではないかと考えられる。1920年代から、フロイトの学説は当時多くの中国文化人の関心を引き、『東方雑誌』をはじめとする当時の代表的な雑誌などに続々と紹介されるようになった[②]。謝六逸もこのブームの中で、フロイトに注目し始めた。謝氏は1922年12月から文学研究会の刊行物『時事新報・文学旬刊』の主任編集者となり、就任当月に出版された第57号に、次のような編集方針を述べた。

本雑誌はこれまで文芸そのものを研究する文の掲載が多く、文芸とほかの学科とを連結する研究法にまだ欠けている。したがって、今後は東西の学者たちの綿密で周到な言説を定期的に訳出連載し、

① 拙訳。原文は以下のとおり：他的创作态度和别的作家一样，在于求真，可是他不想求现实的(real)。有时他在科学中去求；有时在变态里去求。他因为要脱离现实，于是他或浸在恶魔主义里；或深入于变态心理；或追求「歇斯跌里亚」(hysterie)。他是科学的赞美者，但于他却偏要从现实里逃脱；换句话说，他因为要破坏现实的平凡与单调，便在科学里面去探求异常，或把异常的事情借科学来陪衬。总之，他是一个把新要素献给日本文学的人。(「二十年来の日本文学」『小説月報』第20巻第7号、商務印書館、1929年)

② 林基成「弗洛伊徳学説在中国的伝播：1914－1925」(前掲)

われわれの研究の資料として供する予定である[①]。

こうして、仲雲[②]訳の『精神分析学与文芸』が謝氏の積極的な推進のもとに、第57号に掲載された。この意味で、謝氏がフロイトの理論をてがかりとして、谷崎の「悪魔主義」、「フットフェティシズム」、「母性思慕」などの要素を解読しようとしたことの背景も見えてくる。

このように、谷崎作品の翻訳は次々に発表され、最盛期を迎えた。作品としては「二人の稚児」(「二庵童」)、「蘿洞先生」(「蘿洞先生」)、「人面瘡」(「人面疽」)、「殺艶」(「お艶殺し」) などが挙げられる。これは『金屋月刊』の創刊、また章克標という訳者の努力に負うところが大きい。1929年、邵洵美が創立した金屋書店に因んで創刊された『金屋月刊』は、当時の中国における唯美主義文学の重要な拠点であり、谷崎文学紹介の場を提供した。当時の章氏は編集者として勤める傍ら、谷崎作品の翻訳にも相当の力を入れた。氏の谷崎文学に関する見解について、1929年に出版された『谷崎潤一郎集』の「序言」に次のように触れられている。

> 谷崎は生粋の都会人であり、江戸情緒と江戸趣味はすでに彼の魂の中に深く入り込んでいる。(中略) 氏は豊かな空想世界を持っており、(中略) 彼の世界は現実と人生の存在を超越した世界である。氏

---

① 拙訳。原文は以下のとおり：本刊历来多研究文艺本身之文，至于文艺与其他学沟通之研究尚形缺乏。此后拟将东西学者极精审之言，按期译载，以供吾人研究之资料。(「本刊啓事」『時事新報・文学旬刊』第57期、1922年)

② 仲雲，樊仲雲の筆名。樊仲雲，1899年生まれ、文学研究会メンバー。

は日本のワイルドであって、同様に美の神の帰依するデカダン(Decadant)芸術の巨匠でもある[①]。

1929年ごろ、左翼文学が主流となった中国文壇で、このような評価が率直に述べられているのは実に珍しい。なぜ谷崎をこのように高く評価し、翻訳したのか。それを解明するには、章克標の文学的経歴を検証しなければならない[②]。初期に所属した獅吼社であれ、のちに創刊された『金屋月刊』であれ、「階級を超越しようとするデカダン的な芸術を唱える」という唯美主義の主旨は終始変わらない。したがって、章氏は積極的に谷崎を紹介する中で、自らの結社、雑誌、作品を宣伝しようとした意図が見て取れる。

しかし、1931 年から谷崎作品の翻訳は低迷期に入り、1931年から1936年まで3点しか出版されなかった。訳者は田漢と陸少懿である。田漢は1930年に「我們的自己批判」の発表をもって、プロレタリア文学の立場へと転向することを宣言し、その4年後、「神と人との間」を単行本化して出版した。この本には、谷崎の5つの作品以外に、「訳者序」、「谷崎潤一郎評伝」、「谷崎潤一郎年譜」も収められている。さらに、「谷崎潤一郎評伝」は66ページの長さをもって、谷崎の「鬼の面」、「神と人との間」、「鮫人」の3つの作品を取り上げ、谷崎の「悪魔主義」の形成を

---

① 拙訳。原文は以下のとおり：他是个纯粹的都会人，而且江户情调江户趣味深入了他的心魂之中，(中略)他有丰富的空想世界，(中略)他的世界是超越了现实和人生存在的世界。他可以称为日本的王尔德，他同样归依于美神的Decadant艺术的巨匠(谷崎潤一郎著、章克標訳『谷崎潤一郎集』、開明書店、3－8頁、1929年)

② 詳しくは「章克標年表」を参照。

詳しく分析した。田漢は「谷崎潤一郎評伝」の中で、翻訳の動機に触れてこう語っている。

> この悪魔作家の作品は、我々に、日本資本主義発展の過程における重要な社会現象の一面を、強く認識させた。（中略）彼の作品の中に描かれている典型的な人物はいまなお生き生きとしている[①]。

なお、全文に「小資産階級」（プチブル）、「階級成分」など左翼的な色合いを帯びた言葉が溢れていることから、評論としての傾向性を端的に示しているといえよう。しかし、谷崎作品評という意味からいえば、多少時代的な特色を帯びているとしても、文章自身の価値は抹消できないであろう。

1937年から中日戦争の影響で、日本文学の翻訳は最低数に落ちた。谷崎文学の翻訳も途絶えてしまったと推測されるだろう。40年代に入ると、翻訳は徐々にされ始め、1943年までに、合わせて6点が翻訳された。この6点の中で、章克標によって単行本化され、翻訳されたのは3点である。さらに、そのうちの2点は約10年前に出版された『谷崎潤一郎集』に所収されていたものである。唯美主義を唱えていたため谷崎への愛着は理解できるが、なぜ彼はこの時期に、再び谷崎の訳を出版したのであろうか？この疑問に答える材料は、氏の文集にある。「私が作品を選択する方針は当面の政治を回

---

① 拙訳。原文は以下のとおり：这个恶魔主义作家的作品使我们强有力地认识了日本资本主义发展过程中重要的社会现象一面，（中略）他的作品内描写的典型至今日还有生气。（『神与人之間』、前掲）

避することである。当時彼らの方針政策の歩調に合わせるものや、政治運動を扇動するものはできるだけ避けるようにした。私はただ、時代を超越するような、時事とあまり関連しない作品のみを選んだ」①。このように、汪精衛政府宣伝部で要職に就いていた彼にとって、政治性の薄い谷崎作品は最もいい選択だったのかもしれない。

一方で、大正期日本における谷崎の代表的な評価をみてみると、初めに谷崎を推奨した人は、永井荷風であった。彼は1911年に書いた「谷崎潤一郎氏の作品」②という文の中で、谷崎作品の三つの特徴をあげた。それは第一に、「肉体的恐怖から生ずる神秘幽玄」、第二に、「まったく都会的なること」、第三に、「文章の完全なること」である。

それに次いで、1912年に小宮豊隆は、谷崎の「刺青」について、「谷崎君の作品は多くの場合ストライキングではあっても、ショッキングではない。ショッキングであるべく余りに厚みがないからである」③と鋭く指摘した。というのは、谷崎の作品から「ボードレールなどに見る仏蘭西のデカダンは「肉」の匂ひは漲っていても「肉」の影には生活其物人性其物の恐ろしき呻り声が聞こえる。自分は谷崎君が今の境地

① 拙訳。原文は以下のとおり：我的排选是采取回避当前政治的方针，凡是配合当时他们方针政策，为政治运动效劳的东西，我竭力回避，只选些超越时代的，不太涉及时代的作品（『章克標全集』、上海社会科学出版社、208頁、2003年）

② 『荷風全集』第13巻、岩波書店、1963年。

③ 原題は「谷崎潤一郎君の『刺青』」である。初出は『文章世界』1912年3月号である。初出は未見で、引用は『日本文学研究資料叢書　谷崎潤一郎』（有精堂、1980年）に拠る。

を更らに奥深く竪に喰い入って新しき境地に新しき生の姿を見んことを望む。今の作品は余りに陽気である。又余りに現世的である。さらに又余りに元禄的である」[①]という。

その翌年、ワイルドの一人者である本間久雄は、谷崎作品における近代的な一面を見出し、その芸術性を肯定した。この「近代性」とは、「平凡生活を厭ひながらも」、「絶望」や「冷笑」や「無感興」の「やうな一面に陥ることなく、ただ一向に奇怪な、荒唐的な、アーティフィシャルな境に逃げこんでそしてそのアーティフィシャルな中に神経の顫動を感ずるやうな新らしい生活の様式を見出そうとすること」[②]である。さらに、本間は、谷崎の官能描写は単に官能を官能として描いた梅暦式のものではなく、その官能描写に近代的傾向が裏付けられたと賞賛した。

これに続き、1919年『雄弁』の4月春季増刊号に「谷崎潤一郎氏」という特集が載せられた[③]。南部修太郎は、まず、「谷崎のデカダン的な芸術は果たして徹底しているのだろうか」という質疑を投げ出し、谷崎をポーとボードレールと比較し、「氏の表現はデカダンの真に徹する為にはまだ何となくファンシフルな感じを留めている」と語った。宮島新三郎は、「人生の中に見出し得る神秘の可能こそ私達の

① 引用は同上に拠る。

② 原題は「谷崎潤一郎論—『刺青』其他—」である。初出は『文章世界』1913年5月号である。初出は未見で、引用は『日本文学研究資料叢書　谷崎潤一郎』（前掲）に拠る。

③ 所収文章：南部修太郎「谷崎潤一郎氏の芸術の考察」、芥川龍之介「谷崎潤一郎論」、宮島新三郎「谷崎潤一郎—態度の芸術家－」、柴田勝衛「谷崎潤一郎氏のこと」

生活を深めるものでなくてはならない。けれども谷崎氏の描く神秘小説に果たして此の人生の中に見出し得る神秘の可能があるであろうか」と述べた。さらに、ワイルドやポーを引き出し、谷崎は彼らから多大な影響をうけたとしても、「ワイルドのような嘆美主義者としての徹底味や享楽主義者としての究竟感とポーのような人生の神秘感がない」と論じた。

以上のように、大正期論議の焦点は一点に絞られる。つまり、谷崎作品における「デカダン」への評価である。本間の肯定的な評価に対し、小宮や、南部、宮島は、谷崎をポーやボードレールと比べれば、そのデカダンの深さと徹底さがまだ足りないと指摘した。一方で、小宮は谷崎の作品を「現世的である」と評するのに対し、宮島は谷崎作品の人生離れ性を指摘し、両者の見解は食い違っていた。しかし、誰もが谷崎の文章表現の円熟について評価したといえよう。

二、翻訳状況の特徴

以上、諸雑誌を通して、中国民国期における谷崎の翻訳紹介状況及び同時期日本における谷崎評価を概観したが、次は、現時点で確認できる民国期に翻訳された谷崎作品について検討を行う。対象となる作品は以下の表 1 の通りである。

表1　新聞、雑誌、本に掲載された作品

訳文題名	訳者	訳文掲載状況	原文題名	原文初出掲載状況
麒麟	穆儒丐	盛京時報 1924年1月19－30日	麒麟	新思潮 明治43年12月号
芸妡	穆儒丐	盛京時報 1924年1月31日－4月8日	二人の藝術家の話	中央公論 大正7年7月定期増刊
一個犯罪底動機	南溟	太平洋 第4巻第5号 1924年3月5日	或る犯罪の動機	改造 大正11年1月号
富美子的脚	沈端先	小説月報 第19巻第3号1928年3月10日	富美子の足	雄弁 大正8年6－7号
悪魔	章克標	東方雑誌 第25巻第19期1928年10月10日	悪魔	中央公論 明治45年2月号
空与色	欧陽予倩	潘金蓮 新東方書店 1928年	無明と愛染	改造 大正13年1月（第一幕）3月（全文）
二庵童	章克標	金屋月刊 第1巻第2期 1929年2月1日	二人の稚児	中央公論 大正7年4月号
蘿洞先生	章克標	金屋月刊 第1巻第5号 1929年5月	蘿洞先生	改造 大正14年4月号
人面瘡	田漢	南国週刊 第6－8号 1929年10月8日－10月22日	人面疽	新小説 大正7年3月号
殺艶	章克標	新文芸 第1巻第4－5号1929年12月15日－1930年1月15日	お艶殺し	中央公論 大正4年1月号
両個幼児	侍桁[①]	春潮書局 現代日本小説1929年	二人の稚児	中央公論 大正7年4月号
小小的王国	張我軍[②]	東方雑誌 第27巻第4号1930年2月25日	小さな王國	中外 大正7年8月号
少年	查士元	東方雑誌 第27巻第9－10号 1930年5月10日－5月25日	少年	スバル 明治44年6月号
一個少年的恐怖	查士元	日本現代名家小説集 中華書局、1930年	或る少年の怯れ	中央公論 大正8年9号
富美子的脚	沈端先	敗北 神州国光社1930年	富美子の足	雄辯 大正8年6－7月号
春琴抄	陸少懿	文季月刊 第1巻第1号 1936年6月1日	春琴抄	創元社 昭和8年12月
悲嘆之門	尤炳圻[③]	現代日本短編名作集 新民印書館1942年	嘆きの門	中央公論 大正7年9—11月号
昨日今朝	欧陽成	風雨談 第1号	きのふけふ	文芸春秋 昭和17年6－11月号
麒麟	欧陽成	風雨談 第2号	麒麟	新思潮 明治43年12月号

---

① 侍桁，韓侍桁の筆名。韓侍桁，生没年不明、左連メンバー、翻訳家。

② 張我軍(1902－1956)，中國台湾生まれの文学者。張我軍の詳細は、秦賢次の「台湾新文学運動的奠基者——張我軍」(『中国現代文学研究叢刊』第3期、1990年)によって知ることができる。

③ 尤炳圻(1911～1984)，日本文学翻訳者。ほかは不明。

表 2　単行本化された作品

発行年	発行所	訳者	中訳本題名	収録した作品原文	訳文作品名
1928	北新書局	楊騒	痴人之愛	痴人の愛	痴人之愛
1929	開明書店	章克標 沈端先	谷崎潤一郎集	刺青 麒麟 悪魔 続悪魔 富美子の足（沈端先訳） 二人の稚児	刺青 麒麟 悪魔 続悪魔 富美子的脚 二沙彌
1929	尋楽軒	白鴎[①]	富美子的脚	富美子の足	富美子的脚
1930	水沫書店	章克標	殺艶	お艶殺し 蘿洞先生	殺艶 蘿洞先生
1930	華通書局	査士元	悪魔	悪魔 少年 二人の稚児	悪魔 少年 両幼年
1934	中華書局	李漱泉	神与人之間	神と人との間 前科者 麒麟 人面 疽 お國と五平	神与人之間 前科犯 麒麟 人面瘡 御国与五平
1936	文化生活出版社	陸少懿	春琴抄	春琴抄 春琴抄後語 佐藤春夫氏に與へて過去半生を語る書	春琴抄 春琴抄後語 寄与佐藤春夫述過去半生的信
1941	三通書局	章克標	悪魔	悪魔	悪魔
1941	三通書局	章克標	人面瘡	人面疽	人面瘡
1941	三通書局	章克標	富美子的脚	富美子の足	富美子的脚
1942	芸文書房	儒丏[②] 文華	現代日本文学選集 谷崎潤一郎集 第四巻 春琴抄　外一篇	春琴抄 猫と庄造と二人のをんな	春琴抄 猫与庄造和両個女人

① 白鴎，生没年不明、女性作家。代表作には『脱了牢獄的新囚』などがある。
② 儒丏，穆儒丏の筆名。

以上のデータに基づけば、民国期における谷崎作品の翻訳状況は幾つかの特徴を呈しているといえる。

1.「中国現代文学期刊目録匯編」、「民国時期総書目」、「東方雑誌総目」、「新編清末民初小説目録」から、民国期において、谷崎の24点の作品が翻訳されたということが分った。これを分析した結果、訳本の量的推移状況はかならずしも一直線で発展してきたのではなく、上昇期もあれば、下降期もあるということがわかる。最盛期の1929、1930年の2年間に刊行されたものがその半分以上を占めることがわかった。それは『金屋月刊』の創刊、また章克標という訳者の努力に負うところが大きい。

2. 訳本の中では、「麒麟」は訳がもっとも多く、4種類の異なるバージョンがある。これは、「麒麟」が中国の古典を取り扱って、中国の読者にとって、親しみやすいからであると推測される。また、現時点で、「富美子の足」も3種類のバージョンがあると確認できる。ここから「足」へのフェティシズムについてのこだわりのようなものがみられると思う。

3. 翻訳作品ジャンルの選定から見ると、「陰翳礼讃」をはじめとする随筆は、随筆というジャンルを重視し愛好した当時の中国文学者から不思議なことにまったく看過されている。これは多分、「谷崎はマゾヒズム、フットフェティシズムを描く作家に過ぎない」という先入観があったためと同時に、ナショナリズムの激情溢れるその年代の中国知識人には、あまりにも強く伝統的日本と結びついてしまった谷崎の美学・美意識は受け入れがたかったのではないか。

4. 谷崎作品の訳者として、穆儒丐、南溟、沈端先、章克標、李漱泉など十数人の訳者の名が挙げられる。その中で、李漱泉、すなわち田漢の知名度がもっとも高い。また、最も谷崎と深い関係を持っていた。しかし、谷崎の作品を最も多く翻訳したのは田漢ではなく、唯美主義作家章克標である。

次は、中国と日本における谷崎作品評の違いを比較する。前述したように、民国期に訳された谷崎作品は、ほとんど谷崎が大正期に書き上げた作品なので、中国の訳者や読者たちが、これらの作品を通じて得た谷崎像は、大正期の谷崎像でしかなく、まだ不十分であったと思われる。さらに、大正期日本の谷崎評と比較してみれば、中日両国の谷崎評には、いくつかの相違点が見える。

1. 全体的にみれば、日本では賛否両論に別れたのに対し、中国では、批判の声が弱く、「芸術の天才」、「科学の賛美者」といったような賞賛する声のみが目立っていた。

2. 日本では、評者たちは谷崎作品における「デカダン」の本質を突きとめようとする姿勢を示したといえよう。さらに、谷崎がボードレールやポーからかなり影響を受けたことを指摘すると同時に、「ワイルドのような耽美主義者としての徹底味や享楽主義者としての究竟感とポーのような人生の神秘感がない」と鋭く指摘した。それに対し、中国では、谷崎を一言で「美の神の帰依するデカダン(Decadant)芸術の巨匠」であると大まかに評するのみであった。その理由は中国では「デカダン」を「悪魔主義」と同一視するというような皮相的な捉え方にあると考える。谷崎のことを「日本のワイルド」という評価を下す訳者もいる。大正期の日本と1920年代前半の中国におけるワイルドブームを念頭におけば、こうした評価も考えられないわけではない。

三、訳者章克標の素顔について

章克標は民国期の上海文壇で華々しく活躍し、耽美主義作家、翻訳家、編集者、大学教授などの肩書きを持っており、彼を知らない人はほとんどいなかったほどであったにもかかわらず、中国本土ではあまり評価されなかった。この章克標の経歴とその文学活動について論述することが、本節の目的である。

近年、「海派」文学が人々の関心を集めている。その中で、「芸術至上主義」を唱えた「獅吼社」に関する研究には、従来の「デカダン的な文学者たちにすぎない」という定説から脱出し、再評価しようという動きが見られる。この方面において、代表的でしかも現時点で唯一出版された著作として、獅吼社中心メンバーたちの代表作および評論を扱った、中国上海図書館研究員張偉の『花一般的罪悪——獅吼社作品・評論資料選』[①]があげられよう。また、2006 年第 1 期の『新文学史料』は、獅吼社の中堅メンバー邵洵美に関する特集を組み[②]、これによって、獅吼社の文学活動の一側面が窺えるようになった。それにもかかわらず、章氏に言及しているものはほとんどない。その理由は明らかである。章克標は 1930 年代の後半から、いわゆる偽政権といわれた「汪精衛政府」の宣伝部で要職についたことがあるため、戦後「漢奸」として断罪されたためである。しかし、政治的な理由から、氏の文学活動を顧みないことはまことに残念なことである。幸い、2003 年に『章克標文集』が出版され、氏

---

① 華東師範大学出版社、2003 年。

② 2006 年第 1 号の『新文学史料』邵洵美専輯に所収されている論文は：綃紅「黄苗子、郁風夫婦及丁聡談邵洵美往事」、桑榆「叛逆女性項美麗」、倉聖「我的朋友邵洵美」、綃紅「邵洵美与徐志摩——一部詩的伝奇」、朱正「魯迅与邵洵美」、王京芳「邵洵美年表」である。

の生い立ちと経歴をある程度知ることが出来るようになった。日本における先行研究としては、銭暁波「重い歴史を背負い世紀の星霜を振り向く—「百歳文人」章克標と彼の文学人生」[①]が挙げられる。ただ、いままであまり注意されなかった作家を紹介しようというこの論文の狙いは評価できるが、作家の創作の面については、具体的に論じられていない。また、大澤理子「"淪陥期"上海における日中文学の"交流史"試論：章克標と『現代日本小説選集』—太平出版印刷公司・太平書局出版目録（単行本）」[②]は章克標について文学交流史という角度から捉えている。しかし、章氏自身の創作活動についてはあまり触れていない。やはり、作家としての章克標への関心度はまだ低いのではないかと考える。

章克標という人物について知ろうとするとき、その手がかりとなる資料は極めて少ない。ここでは、筆者が目にしえた『獅吼』第1号から第5号、『金屋月刊』、『章克標文集』、『花一般的罪悪——獅吼社作品・評論資料選』、及び獅吼社のほかのメンバーに関する評論などを踏まえて、簡単に彼の足跡をたどってみようと思う。

章克標、字は愷熙。豈凡、許竹園、楊南天、楊愷、辛古木など多くのペンネームを用いている。彼は1900年に、文才が輩出するといわれる浙江省海寧で生まれ、浙江省立第二中学校を卒業して、1918年来日し、東亜高等予備学校で一年間日本語を勉強した。翌年4月官費留学生として東京高等師範学校に入学する。田漢が同級生であった。1924年、獅吼社のメンバーとなっ

---

①『言語と交流研究会』第6号、2003年。

②『東京大学中国語中国文学研究室紀要』第9号、2004年

て、滕固などと一緒に『獅吼半月刊』、『新紀元』などの同人誌を創刊する。1926年から京都大学博士課程（専攻は数学）に入って、同年6月退学し、9月から浙江省第六中学校教師、翌年上海国立暨南大学数学系教授になり、1928年辞職する。同年谷崎作品「悪魔」を翻訳し、これが『東方雑誌』に掲載された。翌年の1月から邵洵美と同人誌『金屋月刊』を創刊し、編集者として勤める傍ら、谷崎作品を6点翻訳し、単行本を出版した。1931年、『文壇登龍術』を私費で出版し、大きな反響を呼び、魯迅もすぐ反応を示し、「登龍術拾遺」という文を「申報・自由談」に発表した[魯　1933]。1932年から『論語』、『十日談』の執筆者となる。1938年から『浙江日報』の編集長を経て、汪精衛政府宣伝部課長となる。1941年に谷崎作品翻訳の単行本を3冊出版した。1943年の第二回大東亜文学者大会に出席し、「章建之」というペンネームで『朝日新聞』、『文学報国』へ寄稿した①。中華人民共和国建国後、上海印刷学校編集者を経て浙江省文史館館員となる。2007年1月27日に逝去する（享年107歳）。

以上のように、章克標は獅吼社のメンバー、高校教師、大学教授、作家、編集者として、幅広い分野で執筆活動を行っている。創作の面においても、ジャンル別に分けてみると、小説、雑文、文学理論など広い範囲にわたっている。翻訳の面では、対象は日本だけではなく、仏・露などの国の作品も視野に入る。彼は谷崎潤一郎の作品を翻訳するほかに、菊池寛、芥川龍之介、夏目漱石、横光利一など近代日本文学大家の作品も数多く翻訳した。

---

① 「力強い提携」（『朝日新聞』1943年8月19日）、「翻訳委員会の設置」（『文学報国』1943年9月10日）

谷崎との出会いについては、彼の文集には触れられていない。また、谷崎の「上海交遊記」を参照しても、谷崎が中国に滞在したとき、両者の間に交流はなかったようだ。谷崎の作品に興味を持ったのは、おそらく谷崎が唱えていた「芸術至上主義」に共鳴したからであろう。『金屋月刊』第2期に掲載された「金屋談話」から、こうした共感が明らかに読み取れる。

> われわれは文芸に対して何の主張も持っていない。というのは、文芸は文芸以外の役割はないと思うので、「芸術のための芸術」を除けば、当然他の主張は受け入れない①。

さて、章克標の翻訳した谷崎作品が、彼自身の創作にどのように影響しているだろうか。まず、両者とも小説の虚構性に重きを置いている点に共通性が見出せる。谷崎は1918年、佐藤春夫の短編集『病める薔薇』に寄せた序文の中で、次のように述べた。

> 予の考へを以てすれば、空想に生きる物のみが芸術家たり得る資格があるのである。芸術家の空想が、いかに自然を離れて居ようともそれが作家の頭の中に生きて動いて居る力で或る限り、空想も亦自然界の現象と同じく真実の一つではないか。空想を真実と化し得てこそ、始めて芸術家としての生きがひがあると云ふのである②。

---

① 拙訳。原文：我们对于文艺并没有什么主张，因为我们以为“文艺便是文艺”决没有别的作用，那么除了“为艺术而艺术”外，自不容有别的主张。（『金屋月刊』第2期、161頁）

② 谷崎潤一郎「病める薔薇序文」（前掲、第23巻、39頁）

まるでこれと呼応するように、章克標も「関与蜃楼」で「すべての虚構は、往々にして真実よりもっと高い価値を持っている」①という主張をしていた。彼の作品集には、こうした空想に富む作品を見ることができる。「蜃楼」（1930年）と「美人」（1926年）がそれである。しかし、注意すべきなのは、谷崎が自然主義のもっとも盛んな時期に、「自然主義」と対抗しようとする考えに駆られ、文芸における虚構性を高く評価したのに対し、同じく耽美主義者であるが、章克標の置かれている文壇、ひいては社会背景はまったく違うのである。五四運動以降、外国の文学思潮は潮のように入り込んできた。インテリたちは、霊と肉、性と愛というような新しい道徳と古い道徳の激しい衝突に、苦悶していた。章克標はまさにこの中の一員であった。彼は自らの文学の方向に迷い、結局この俗世を忘れようと決心して、自分なりの空想的美の世界を構築することにした。氏は小説「九呼」（1924年）で、このような感想を漏らした。「私は伝統思想の鉄網に監禁されている動物であり、ただ幻の夢を見るときしかこの悲哀と苦悶を忘却することができないのである」②。つまり、彼の作品世界において、空想と遁世はまさに一枚のコインの表と裏のような関係だと考えても差し支えないだろう。

また、章の作品では、女性の肉体に関する官能的な描写があっても、谷崎のような無上な「女性崇拝」の情熱は一切見られず、ただ一人の男の眼から、女の肉体美を享受することにとど

---

① 拙訳。原文は以下のとおり：一切虚构的事情，往往比真实的更有高贵的价值（「関与蜃楼」、『金屋月刊』第1巻第10期、1930年）

② 拙訳。原文は以下のとおり：我是笼囚在传统思想的铁网中的动物，只有做空幻的梦可以忘却这悲哀苦闷（『章克標文集』、85頁、前掲）

まって、女性をめぐる男性の内面描写が少ない。この意味からいえば、谷崎の描きだした代表的な「悪女」像は、彼の作品には反映されていないといえるだろう。

章克標は、谷崎から影響を受けたほか、日本の自然主義、新感覚派も積極的に受け止めようとした。彼の初期作品は自伝的色合いが濃厚で、内容はほぼ、旧式婚姻の束縛から脱出しようとする心境を描写するものである。また、この中で、もっとも興味深いのが、郁達夫と王映霞の恋愛経緯を描いた「銀蛇」という小説である。この中で、主人公邵逸人が自分の好きな女の使った浴衣を嗅ぐ場面は田山花袋の『蒲団』を思い起こさずにはいられない。中国における『蒲団』の受容状況に関しては、大東和重が「恋愛妄想と無意識——『蒲団』と中国モダニズム作家・施蟄存」の中で、次のように重要な指摘をしている。

> 夏丏尊の『蒲団』訳が単行本『綿被』として出版されたとき、これまた日本留学経験者で、帰国後夏丏尊の同僚となる方光燾が、「愛慾（代序）」と題する長文の序文をよせている。（中略）「同居の友人たちが、『蒲団』に心酔し、「毎日下宿の小さな部屋に集まっては、かれらの恋愛哲学を熱心に語っていた。」ことから、自分も借りて読んでみた方光燾は、これまた『蒲団』に酔わされる[①]。

この方光燾は章克標の親友であって同級生であり、後の獅吼社のメンバーでもある。また、方は谷崎の第二回訪中の時、谷崎と面会したことがある。これらの要素を考え合わせると、章

---

① 大東和重「恋愛妄想と無意識——『蒲団』と中国モダニズム作家・施蟄存」（東大比較文学会、2003年）

克標は方光燾からかなりの情報と影響を受けたことが推定できるであろう。

1920 年代後半、「新感覚派小説」が上海で勃興し始めた。章克標もこの潮流にのって、横光利一をはじめとする日本新感覚派作家の作品を訳し、『小説月報』、『東方雑誌』で発表した。その翻訳作品をあげるならば、

1　横光利一　　蛾はどこにでもいる　　『東方雑誌』第 26 巻第 24 号 1929 年
2　横光利一　　春は馬車に乗って　　『小説月報』第 21 巻第 3 号　1930 年

この時期の「南京路十月里的一天下午三点鐘」（1929 年）をはじめとする章氏の作品は、新しい要素を端的に呈している。まず、内容から見れば、大都市、恋愛など読者を引き付ける要素を含んでいる。また、表現手法から見れば、新感覚派のような新奇な感覚と特別な効果を求めようとしている。たとえば、「青碧の声」といったような表現や、映画のフラッシュバック技法、列挙法の多用も特徴の一つである。その例を挙げると、

> あめ、お菓子、点心、卵のあめ、肉、ハム、ハム。おんな、おんな、おとこ、おとこ。タバコ、葉巻、巻きタバコ、一元四缶、一元一箱、二千九百五十文。十角四百七十文。光る、光る、青、紫、真紅、桃色、碧、紺色。（中略）香り、音声、色彩という三つの大軍は

続々と陣立てをし、彼らの捕虜を捕らえようとする[①]。

章克標は心理分析的な手法にも関心を寄せた。フロイトの精神分析の援用は、彼の初期作品「結婚的当夜」（1925年）「秋心」（1926年）などの習作に端緒が見られる。発表年代から推算すれば、日本新感覚派からではなく、フロイトから直接影響をうけた可能性が大きいだろう。

以上のように、章克標文学の足跡を辿ってみると、彼は終始一貫して、積極的に当時最新の文学思潮を取り入れようとする姿勢を持っていたが、それは、いわゆる「海派」文士たちの精神的本質でもあったといえよう。さらに、彼の著作を丹念に検討することによって、「海派」文学の一側面を解明することもできると考える。

---

① 拙訳。原文：糖、糕、点心、蛋糖、肉、火腿、火腿。女人、女人、男人、男人。煙、雪茄、紙巻煙、一元四聴、一元一盒、二千九百五十文。十角四百七十文。亮、亮。青、紫、絳、桃、碧、紺。（中略）香気、音声、光彩、三種大軍紛紛地布開了各自的陣勢、要捉捕他們的俘虜。（『金屋月刊』第1巻第7号、69－70頁、1929年）

第三章　異常性欲との邂逅

第一節　谷崎潤一郎作品における異常性欲描写について

一、谷崎文学の出発と大正期の変態ブーム

本節は、谷崎文学における異常性欲描写を辿りながら、その背後にあってその動きを方向付けている要因とはどういうものなのかを考察したい。こうした作業を通して、谷崎が異常性欲描写に託した真意を、鮮明に浮き上がらせようと考える。

谷崎潤一郎は 1910 年第二次「新思潮」により文学活動を開始し、以後 1965 年に生涯を終えるまで約半世紀に渡り、激動の社会情勢に流されることなく独自の世界を描き続けた。彼の作家としての生涯は「悪魔主義」の時代、「異国趣味」の時代、「伝統主義」の時代などの時代区分されるが、その不変の主題の一つとして、最も注目されていたのは異常性欲描写への執着であろう。

では、谷崎はなぜ異常性欲描写に執着するのであろうか。この問題を解明するにあたって、彼の幼年期の影響を切り離して

考えられないため、まず、幼少期から谷崎の頭の中に醗酵していた夢を求めていくことにする。谷崎の自伝作品「幼少時代」と「青春物語」によると、母や伯父に連れられて歌舞伎をよく見に行ったことがあるという。さらに、『谷崎潤一郎伝―堂々たる人生』①によれば、1893年3月、つまり谷崎が7歳の頃、歌舞伎座で団・菊の芝居「東鑑拝賀巻」を見た時、實朝の首が公暁に切り落とされるのを見て、エロティックな興奮を覚えたという②。のちの1914年に発表した自伝的要素の入った「饒太郎」に、こうした記憶を如実に再現している。

> 彼がたった一つ未だにまざまざと覚えて居るのは、福助——今の歌右衛門の實朝が、鶴が岡八幡の社前で五代目の公暁に斬り殺される刹那の光景と、其の時其れを見物して居た彼自身の心持ちである。幼い、腕白盛りの男の児の情として、若しも自分が芝居をするならば誰しも實朝よりは公暁に扮したいと考へるのが当然であるのに、何故か饒太郎は五代目よりも五代目に殺される福助の方が非常に羨ましく感ぜられた。彼は私かに自分の学校朋輩のうちから、腕力の強い容姿の美しい或る友達を選び出して、それが公暁の役を勤め、自分は福助と同じく女のやうな優雅な實朝卿の姿にいでたら、此の芝居の通りに殺されて首を掻き斬られる光景を想像すると、今迄に嘗て経験した事のない快感が、一種不思議な不可抗力を以て胸の奥にどよめくのを覚えた③。

ここから野口武彦が指摘していた谷崎マゾヒズム文学に遍

---

① 小谷野敦『谷崎潤一郎伝―堂々たる人生』(中央公論新社、2006年)
② 同上、19頁。
③ 谷崎潤一郎「饒太郎」(前掲、第2巻、402−403頁)

在している一大要素、「被殺害願望」[①]が明らかに窺われよう。マゾヒズム研究の第一人者であるクラフト・エビングが、予てから「異性のものより殺されんとする欲望あるものは往々マゾヒストに認められる」[②]と指摘していたように、谷崎がクラフト・エビングのこうした理論の影響下に自らの文学を作り上げた可能性も考えられる。実は、谷崎が初めてクラフト・エビングに触れた文章も「饒太郎」という作品である。

　然るに、忘れもしない大学の文科の一年に居た折の事、彼はふとした機会からクラフト・エビングの著書を繙いたのである。その時の饒太郎の驚愕と喜悦と昂奮とはどのくらいであったろうか。彼は自分と同じ人間の手になる書籍と云う物から、これ程力強いショックを受けたのは実にその時が始めであった。(中略) 此の書籍の教える所に依れば、彼が今迄胸底深く隠しに隠して居た秘密な快楽を彼と同様に感じつゝある者が、世界の到る所に何千人何萬人も居るのである！それ等の人々のコンフェッションや、四方の国々の prostitute の報告を読めば、彼等がどのくらい細かい点まで全然饒太郎と同じような聯想に耽り、同じような矛盾に悩まされて居るかと云う事は、怪しくもまざまざと曝露されて居る。(中略) 彼は文学者として世に立つのに、自分の性癖が少しも妨げにならないばかりか、自分は Masochisten の芸術家として立つより外、此の世にいきる術のない事を悟った[③]。

① 野口武彦『谷崎潤一郎論』(前掲、72－89 頁、1981 年)

② ここでの引用は、黒澤義臣訳『変態性欲心理』(大日本文明協会、149 頁、1913 年) を参照した。

③ 谷崎潤一郎「饒太郎」(前掲、第 2 巻、405 頁)

日本におけるクラフト・エビングの著作*Psychopathia Sexualis*（1886）に関する最初の翻訳は、1891年に『裁判医学会雑誌』に「色情狂篇」という邦題で連載された抄訳である。その十年後、F.J.Rebmanによる“Only Authorized English Adaptation”と銘打った英訳“*Psychopathia Sexualis : With Special Reference to the Antipathic Sexual Instinct :A Medical-Forensic Study*”（NewYork: Physicians and Surgeons Book Co.,1906）が出版されるようになった。それに続き、1913年に、黒澤義臣がクラフト・エビングの*Psychopathia Sexualis*を改めて抄訳し[①]、『変態性欲心理』として刊行した。

クラフト・エビングの『変態性欲心理』が知識人を中心に浸透することにともない、夏目漱石門下の中村古峡が『変態心理』[②]という雑誌を創刊した。中村古峡は「発刊の辞」において、「変態心理学に所謂変態は、正常心理学に所謂正常と相対して用ひられてゐる言葉ながら、強ち病的を意味すべきものではありません。それが単に原則に対する例外と云ふだけの意味でもあり、単に尋常に対する異常と云ふだけの意味でもあり、単に凡庸に非凡というだけの意味でもあり得べきことを忘れてはなりません。従って本誌は、たゞに従来の精神病理学犯罪心理学等に於て取扱はれてゐる所謂病的なるものゝ内にのみ跼蹐するところなく、あまねく一時的変態心理作用及び持続的変態

---

① 『変態性欲心理』巻頭部の「例言」の中に、なぜ抄訳にするかについて次のように説明している：原著は稍浩瀚に失し、且、内容実例中一般読者の為めには、さまで重要ならず、又風教上省略するを却て穏当と認むべき部分もなきにあらざるを以て、訳者は玆に深く注意し、多少原文の取捨選択をなしたる所あり（黒澤義臣訳『変態性欲心理』、大日本文明協会、1913年、3頁）。

② 『変態心理』は中村古峡の主宰する日本精神医学会の機関誌である。1917年10月から創刊し、1926年第18巻4号まで発行し停刊となった。

心理状態の全範囲に亙って研究」すると語ったことがある。ここから、当時のいわゆる「変態」は「異常」や「例外」、「非凡」という意味合いで理解されていることがわかる。この現象の背後に、天才にして同時に発狂者であるというロンブローゾの主張の影響が見て取れる①。

もう一つ注意すべきことは、この雑誌は真摯な学術雑誌である。その中に収められた文章から窺えるように、この雑誌の関心の対象は、幻覚、催眠、夢などの個人心理だけでなく、迷信、宗教、同盟罷業などの集団心理、社会現象にまで及ぶのである。その上で、医学、生物学、心理学、文学などさまざまなアプローチで事例を科学的に解明しようとした②。一つ特記すべきは、創刊号の巻頭に、谷崎潤一郎の『人魚の嘆き』と『刺青』に関する書籍広告があったことである。これは、『変態心理』と谷崎作品の読者層において、接点が存在するのを裏付ける証拠と看做してもよかろう。

創刊して 2 年経った 1919 年に、中村古峡は自らの著作『変態心理の研究』において、「私が始めて『変態心理』と云ふ雑誌を発刊した頃には、変態心理と云ふ語は、まだ極めて少数の専門家以外には殆ど通用しなかった言葉であるが、近頃ではこれが大分一般的になって来た。」と、「変態心理」という言葉が二年間で専門用語から一般的な用語へと変わっていったことに言

---

① 明治期から大正期にかけて、日本におけるロンブローゾの翻訳状況は主に以下の通りである：1. 畔柳都太郎抄訳『天才論』（普及舎、1898 年）2. 辻潤訳『天才論』（三星社出版部、1914 年）3. 森孫一訳『天才と狂人』（文成社、1914 年）4. 中村古峡訳『死後の生命』（内田老鶴圃、1916 年）5. 寺田精一訳『犯罪人論』（巌松堂書店、1917 年）

② ここでは、『変態心理』（復刻）（大空社、1998 年）第 1 巻にある「刊行の言葉」を参照した。

及している。実際に、大正期から昭和初期にかけて、「変態」を取り上げる雑誌や本は増えており、人々の関心を引き付けると同時に、「変態」ブームの契機になった①。

前述から見てとれるように、「饒太郎」が発表される前に、クラフト・エビングの *Psychopathia Sexualis* がすでに邦訳されていたが、英語に堪能だった谷崎は、F.J.Rebman を通して、その著作を目にした可能性も考えられる。谷崎がどのような経緯でクラフト・エビングを知るようになったかはともかく、重要なのは、クラフト・エビングを通して、谷崎は「彼と同様に感じつゝある者が、世界の到る所に何千人何萬人も居るの」を知り、「自分は Masochisten の芸術家として立つより外、此の世にいきる術のない」という独自の文学モットーを打ち出したということである。

「変態」ブームのほかに、大正期のワイルドブームも谷崎の異常性欲描写に多大な影響に与えたと思われる。谷崎がワイルドに関心を寄せたのは、「刺青」の発表の2年前であった。1907年に、彼は第一高等学校『校友会雑誌』「批評」欄に次のようなことを漏らしていた。

> 吾人は思ふ実際的美換言すれば官能的快感の美感たり得べき一部即ち聴官視官に由りて感ずる美は芸術を賞翫するに重大なる要素にして、所謂理想美も此の官能的美を介して後に感ぜられるべきもの

---

① 大正期から昭和初期にかけての変態性欲に関する著作及び受容状況について、中野登志美「谷崎潤一郎の嫉妬『卍』に描き出された女性同性愛」(國文學: 解釈と教材の研究 54(10)、52－69 頁、2009 年)及び井上健「谷崎潤一郎の世紀末」(『谷崎潤一郎と世紀末』思文閣、7－28 頁、2002 年)に負うところが大きい。

たりと[①]。

上に挙げた言論の中で「官能的快感」を重視する姿勢はワイルドの模倣だと思われる。そして、谷崎がワイルドを読んだ決定的な証拠は、「刺青」よりも１カ月早く発表した「The Affair of Two Watches」である。そのなかで、彼は始めてワイルドの名に言及した。

> オスカー・ワイルドが、ドリアン・グレイの中で、「心霊の悩める時は官能の快楽を追ひ、官能の悩める時は心霊の快楽を追へ。」と云ふやうな事を云って居るが、私は玆に一つの真理を発見した。曰く「強烈なる心霊の苦痛は、偶ま些細なる肉体の苦痛を以て滅却する事を得。」そうだ、…それに違ひない[②]。

また「饒太郎」の中に、次のような告白がある。

> 君はワイルドの言葉を知って居るだろう—"Vice and virtue are to the artist materials of his art."と云ふ事を。—ところが僕はそれよりもモッと進んだ意見を持って居るんだ。つまり、"Vice"を題材にしたものでなければ、決して優秀な文学はできないと云ふんだ[③]。

"Vice and virtue are to the artist materials of his art."（「美徳も悪徳も芸術家にとっては芸術の素材にすぎない」）という芸術の自律性を主張するワイルドの思想は、疑いもなく谷崎に引き継が

---

① 『谷崎潤一郎全集』（前掲、第 24 巻、113－114 頁）
② 谷崎潤一郎「The Affair of Two Watches」（前掲、第 1 巻、48 頁）
③ 谷崎潤一郎「饒太郎」（前掲、第 2 巻、363 頁）

れたのである。谷崎はおそらく、それまでの道徳観と相容れない異常性欲描写を借りて、一切の道徳的配慮から解放された新しい芸術を求めたかったのだろう。一方で、谷崎のワイルドへの傾倒は、第一章で述べたように当時の日本の文壇の世紀末的雰囲気に関わっていると考えられる。大正期における依然として「普遍」的に存在していた世紀末的思想を、近代性を同一視している知識人が多数存在しているという背景を念頭に入れれば、谷崎のこうしたワイルドへの心酔ぶりは、芸術の自律性を重視する近代美学への追求と見なしてもよかろう。

二、谷崎文学におけるマゾヒズム的描写の特質

では、谷崎は作品において、こうしたマゾヒストたる願望をいかに描いたのであろうか。細江光が『谷崎潤一郎 深層のレトリック』[①]において、谷崎作品に現れた異常性欲の諸形態について、網羅的に取り上げ、体系的に分類・整理し、そのマゾヒズムのパターンを、①女性化願望、②女性拝跪、③奴隷・従者・奉公人など、④落魄・流浪・陋巷趣味、⑤間男されても腹を立てない、浮気な女・三角関係をむしろ喜ぶなど、⑥肉体的なマゾヒズムの古典的な形態、⑦顔に対する攻撃、⑧殺されること、⑨動物化・物質化、⑩老人化、と纏めたのである[②]。ここでは、細江光の先行研究を踏まえて、谷崎のマゾヒズム文学の中で最も代表的な例を挙げておく。

それは古の暴君紂王の寵妃、末喜を描いた絵であった。瑠璃珊瑚

① 細江光『谷崎潤一郎 深層のレトリック』(和泉書院、2004年)

② 同上、138－148頁

を鏤めた金冠の重さに得堪へぬなよやかな体を、ぐったり勾欄に靠れて、羅綾の裳裾を階の中段にひるがへし、右手に大杯を傾けながら、今しも庭前に刑せられんとする犠牲の男を眺めて居る妃の風情と云ひ、鉄の鎖で四肢を銅柱へ縛ひつけられ、最後の運命を待ち構へつゝ、妃の前に頭をうなだれ、眼を閉ぢた男の顔色と云ひ、物凄いまでに巧に描かれて居た[①]。

それは「肥料」と云ふ畫題であった。畫面の中央に、若い女が桜の幹へ身を倚せて、足下に累々と斃れて居る多くの男たちの屍骸を見つめている。女の身辺を舞いつつ凱歌をうたふ小鳥の群、女の瞳に溢れたる抑へ難き誇りと喜びの色。それは戦の跡の景色が、花園の春の景色か[②]。

これは谷崎のデビュー作「刺青」の中で、「清吉」が「娘」に見せた二枚の絵の構図である。此の二つの絵に、「男たちの屍骸」に表象されている前述した「被殺害願望」が見出せると同時に、前述した西欧世紀末絵画の影響を思い起こさせずにはいられない。谷崎がどういった経緯で世紀末美術の養分を吸収したかをつきとめることは難しい。しかし、1907年の時点で「世紀末」が一つの文芸用語としてすでに文壇に浸透したという事実を考え合わせると[③]、ワイルドやポーなどの世紀末作家に一時期心酔していた谷崎が、同じく世紀末美術からも影響を受けたことだろうことは推測できよう。

ここで、谷崎マゾヒズム文学におけるもう一つ興味深い点を

---

① 谷崎潤一郎「刺青」(前掲、第1巻、67頁)
② 同上、68頁。
③ 尹相仁『世紀末と漱石』(前掲、45頁)

指摘したい。作品中に登場したマゾヒストたちが往々にして、男性に設定されていることと、それらの男性たちが素人女性を嗜好するという点である。谷崎の恋愛観がこうした様相に少なからず影を落としていたと思われる。まず、「恋愛及び色情」から見てみよう。

> 西洋の騎士道に於いては、武人の忠誠と崇拝の標的は「女性」にあった。彼等はその尊敬する婦人のために高められ、引き上げられ、励まされ、勇気付けられた。（中略）なぜ日本では、武門の政治が起り武士道が確立するに従って、女性を卑しめ、奴隷視することになったのか。（中略）兎にも角にも、さう云ふ国柄の日本に於いて、高尚な恋愛文学の発達する筈はないのである。なるほど西鶴や近松の作品は、或る点に於いて西洋のものに比べても決して遜色を見ないであらう。が、正直なところ、徳川期の恋愛物はどんな天才的作品と云へども畢竟するに町人の文学であって、それだけ「調子が低い」のである。それもその筈、彼等自ら女人をおとしめ、恋愛をおとしめながら、いかにして気象高邁なる恋愛文学を作ることができようぞ。（中略）蓋し西洋文学のわれわれに及ぼした影響はいろいろあるに違ひないが、その最も大きいものゝ一つは、実に「恋愛の解放」、——もっと突っ込んで云へば「性欲の解放」——にあったと思ふ[①]。

ここから窺えるように、谷崎は日本における「高尚な恋愛文学」の不在を「女性を卑しめ、奴隷視する」江戸文学の影響に帰したのである。そこで、いかに「気象高邁なる恋愛文学を作る」かについて、谷崎は性の商品として扱われていた芸娼妓を

---

① 谷崎潤一郎「恋愛及び色情」（前掲、第20巻、253－254頁）

描く江戸文芸を捨て去り、西洋の騎士道の女性崇拝精神を日本の作品に導入しなければならないと指摘した。西洋の女性崇拝を受け入れた谷崎が自らの作品の中で、女性を素人に設定することや男性を矮小化させるというプロット設定することはありうることである。この点から見れば、「高尚な恋愛文学」を目指している谷崎にとって、作品中の素人女性は欠かせない要素と言えよう。一方で、「恋愛の解放」と「性欲の解放」両方に重心を置いた谷崎の恋愛観が、それまで「愛」だけを重視し、「性」を否定しようとした明治作家たち[①]とは一線を画すものであり、その独自性は、評価すべきものであると思われる。

三、フェティシズムの傾向と同性愛のテーマ

マゾ的なテーマのほか、フェティシズムの傾向も彼の作品で繰り返し現れる。その基本的種類が、①白い肌、②足、③鼻、④手、⑤肉体、⑥彫像・人形、⑦屍体、⑧眠れる美女（Sleeping Beauty)、⑨歯、⑩その他（女性の排泄物等）が挙げられる[②]。その中で、谷崎の生涯を通した作品の中で最も目立つことといえば、フット・フェティシズムの傾向であろう。

---

① 明治知識人の恋愛観について、羽鳥徹哉が次のように述べている。「北村透谷が、「厭世詩家と女性」「『伽羅枕』及び『新葉末集』」「処女の純潔を論ず」（明二五・一八九二）などで、<好色>を否定し、<恋愛>を主張する頃から、日本の近代文学に於ける愛と性の問題は本格化した。<好色>は、西鶴の「好色一代男」に始まり、性の楽しみその物が目指される。それに対して透谷は、人間精神を神聖な高みに導くプラトニックな愛<恋愛>の大切さを説いた。（中略）日本の近代文学を担う作家の多くは、先ず純潔の尊重（性の否定）から出発した（羽鳥徹哉「近代文学と性」、『国文学：解釈と鑑賞』 73(4)、至文堂、6頁、2008年）。

② 『谷崎潤一郎 深層のレトリック』（前掲、138－148頁）

潤ほひのある唇や滑らかな舌の端が、ぺろぺろと擽ぐるやうに舐めて行く奇怪な感覚は恐ろしいと云ふ念を打ち消して魅するやうに私の心を征服して行き、果ては愉快を感ずるやうになった。忽ち私の顔は左の小鬢から右の頬へかけて激しく踏み躙られ、其の下になった鼻と唇は草履の裏の泥と摩擦したが、私は其れをも愉快に感じて、いつの間にか心も体も全く信一の傀儡となるのを喜ぶやうになってしまった[①]。

僕は一人の男子として生きて居るよりも、こんな美しい踵となって、お富美さんの足の裏に附く事が出来れば、其の方がどんなに幸福だか知れないとさへ思ひました。それでなければ、お富美さんの踵に蹈まれる畳になりたいとも思ひました。僕の生命とお富美さんの踵と、此の世の中で孰方が貴いかと云へば、僕は言下に後者の方が貴いと答へます。お富美さんの踵の為めなら、僕は喜んで死んで見せます[②]。

さらに、この傾向がエスカレートしていき、極致となったのは、谷崎が76歳のときに刊行された『瘋癲老人日記』という晩年の代表作である。発表当時、谷崎は高血圧症や狭心症を患い、右手の麻痺から口述筆記となるなど、体の不調に悩まされたが、創作意欲は衰えることはなかった。次の場面を見てみよう。

予ハ跪イテ足ヲ持チ上ゲ、親趾ト第二ノ趾ト第三ノ趾トヲ口一杯ニ頰張ル。予ハ土蹈マズニ唇ヲ着ケル。濡レタ足ノ裏ガ蠱

---

① 谷崎潤一郎「少年」（前掲、第1巻、160頁）

② 谷崎潤一郎「富美子の足」（前掲、第6巻、380頁）

惑的ニ、顔ノヤウナ表情ヲ浮カベテキル。（中略）颯子ノ三本ノ足ノ趾ヲ口一杯ニ頬張ッタ時、恐ラクアノ時ニ血圧ガ最高ニ達シタニ違ヒナイ。（中略）死ヌ、死ヌ、ト思ヒナガラシャブッタ。恐怖ト、興奮ト、快感トガ、代ル代ル胸ニ突キ上ゲタ[①]。

千葉俊二の言葉を借りれば、「谷崎の女の真っ白な素足に対する執着は終生変わることなく、足フェティシズムの主題は、谷崎文学を特徴づける一つの大きな要素となっている。駕籠の簾のかげからこぼれた女の真っ白な素足は、やがて大正八年の『富美子の足』を経て、さまざまな作品に隠顕しながら最晩年の『瘋癲老人日記』にまで至り、そこでは仏足石として聖化され、一種の宗教性をさえ帯びる」[②]。確かに千葉氏の言った通り、谷崎文学においては、足は重要な地位を占め、そのイメージは「女」のイメージと常に共にある。しかし、男性主人公たちが魅せられる足が、「白クテ、華奢デアルコト」[③]という外的条件を満たすだけでなく、その足の持ち主である「女」が、「悪イ性質ノ女」という内的条件も要求される。そして、もう一つ注目に値するのは、こうしたフット・フェティシズムの傾向が常にマゾヒズムのモチーフと絡んでいることである。クラフト・エビングが述べたように、「完成せるマゾヒスムス的観念界の内部に、女の足及び靴、あるいは長靴が圧服の道具として考へられ、特殊なる色情的興味の対象となる」[④]ので、足フェティシスム

---

① 谷崎潤一郎「瘋癲老人日記」（前掲、第19巻、66－68頁）
② 千葉俊二編『鑑賞日本現代文学第8巻谷崎潤一郎』（角川書店、49頁、1982年）
③ 谷崎潤一郎「瘋癲老人日記」（前掲、第19巻、25頁）
④ 黒澤義臣訳『変態性欲心理』（前掲、155頁）

スは「仮装せるマゾヒスムス」[①]と看做されている。谷崎も恐らくクラフト・エビングの理論から影響を受けたのではなかろうか。

谷崎の膨大な作品群において、1928年.3月号から1930年4月号まで『改造』に刊行されていた「卍」という作品は、疑いなく、異色の作品として数えられよう。なぜなら、この作品だけが女性同性愛をテーマにしているのである。中野登志美は、吉屋信子の『花物語』が大正期から昭和期の少女たちに熱狂的に支持されていたことが象徴しているように、大正期になって同性愛は社会問題にまで発展すると述べている[②]。また、小峰茂之・南孝夫の『同性愛と同性心中の研究』[③]によると、昭和初期から昭和 10 年頃を中心に女性の同性愛者同士が心中する事件が多発したという興味深い指摘がある。この背景には、前述した大正期から昭和初期にかけて流行した「変態」ブームや寄宿制度が実施された女学校の創立が考えられる。何にせよ、「卍」が連載されていた時期が社会問題となった同性愛現象のピーク期と重なっていることは明白な事実である。

四、結論

以上の考察によって、谷崎文学における異常性欲描写の背景は、当時の「変態性欲」ブームや、ワイルドに代表される世紀末思想の流行に繋がっていることを明らかとした。さらに、こうした異常性欲描写が、当時まだ存在しなかった「高尚な恋愛文学」を作り上げるための谷崎の試みであったことも指摘でき

---

① 黒澤義臣訳『変態性欲心理』(前掲、153頁)

② 中野登志美「谷崎潤一郎の嫉妬『卍』に描き出された女性同性愛」(前掲)

③ 小峰茂之・南孝夫『同性愛と同性心中の研究』(小峰研究所、1985年)

よう。「文学は時代の反映であると同時に、時代に一歩先んじて、その意志の方向を示す場合もある」[①]という谷崎自らの揚言に倣って言えば、彼の異常性欲描写は時代の反映であると同時に、時代に一歩先んじて、その意志の方向を示していたのである。

第二節　郁達夫作品における谷崎潤一郎受容
—異常性欲描写を中心に—

郁達夫（1896－1945）の作品は、文壇デビュー当時から、異常性欲描写においては、谷崎潤一郎からの影響が色濃く見て取れる。これまで郁達夫作品の受容を問題とする場合、ワイルドや佐藤春夫とともに谷崎潤一郎もしばしば言及されている[②]。

---

① 谷崎潤一郎「恋愛及び色情」（前掲、第20巻、254頁）

② 郁における外国文学受容を論じた代表的な先行研究は以下の通りである。

日本語文献：1. 大東和重「郁達夫におけるワイルドの受容—唯美主義と個人主義—」（『現代中国』(82)、2008年）2. 大東和重「郁達夫における志賀直哉の受容:自伝的文学とシンセリティ」（『近畿大学語学教育部紀要』 6(2)、 2006年）3. 大東和重「〈自意識〉の肖像—田山花袋『蒲団』と郁達夫『沈淪』—」（『比較文学』45、2002年）4.桑島道夫「葛西善蔵と郁達夫—「哀しき父」「子をつれて」と「蔦蘿行」の比較を中心として—」（『アジア遊学』(13)、2000 年）5. 申英蘭「郁達夫の日本文学受容について—近松秋江から受けた影響を中心に—」（『国語国文』 69(11)、2000年）6. 胡金定「郁達夫における外国思想・文化の受容」（『言語と文化』3、1999年）7. 伊藤虎丸「郁達夫と大正文学－日本文学との関係より見たる郁達夫の思想二方法について」（『近代文学における中国と日本－共同研究・日中文学関係史—』、汲古書院、1986年）

しかし、郁達夫は谷崎潤一郎と並んで取り上げられるのが常であって、彼と谷崎潤一郎の生涯や作品に関する概説的な説明が多く①、彼はなぜ谷崎潤一郎の異常性欲描写を受容するのか、異常性欲描写が彼の文学の中で、どのような位置づけになるのかについて論じられることはほとんどなかったといってよい。このような問題意識を持って、本節では郁の異常性欲描写における谷崎潤一郎受容という視点から、郁の文学を改めて捉えてみたい。

一、郁の異常性欲描写における谷崎潤一郎受容

郁達夫は日記の中で、谷崎の『痴人の愛』に触れたことがある②。鄭伯奇も回想録で、郁達夫がダウソン(1867—1900)、ワイルドらをはじめとしたイギリスの 19 世紀末の作家や、谷崎潤

中国語文献：1、文斌「影響与超越—郁達夫与盧梭懺悔意識比較—」(『山東農業大学学報』(社会科学版)7(3)、2005 年)2、劉久明、龍泉明「郁達夫与尼采、施蒂納」(『西南師範大学学報』(人文社会科学版) 28(1)、2002 年)3、丁国強「郁達夫与屠格涅夫筆下"多余人"形像之比較(『湖州師範学院学報』23(2) 、2001 年)4、劉久明「一群"薄命的天才"—論英国"黄面志"作家群及其対郁達夫創作的影響—」(『外国文学研究』4、2001 年)5、毛信徳『郁達夫与労倫斯比較研究』(浙江大学出版社、1998 年)

① 郁における谷崎受容を論じた代表的な先行研究として、1. 王維雅「谷崎潤一郎和郁達夫小説中的審美情趣比較」(『商洛学院学報』24(1)、2010 年)2. 倪祥妍「谷崎潤一郎和郁達夫筆下的別様"唯美"」(『社会科学戦線』3 、2009 年)3. 陶曙軍「郁達夫和谷崎潤一郎小説創作風格比較」(『武漢理工大学学報』(社会科学版)16(5)、2003 年)4. 劉久明「郁達夫与谷崎潤一郎」(『東洋大学中国哲学文学科紀要』(10)、2002 年)などが挙げられる。

② 初出は郁達夫「労生日記」、1926 年 11 月初 3(『創造月刊』第 1 巻第 7 号、1927 年 7 月 15 日)である。引用は『郁達夫文集』第 9 巻(花城出版社、9 頁、1984 年)を参照。

一郎を愛読していたことを裏書している[①]。そのため、郁達夫の初期作品における異常性欲描写は、谷崎を想起させ、しかも谷崎を愛読した事実から、郁の作品に及ぼした谷崎の影響に注目するのは当を得ているのである。

そこで、まず、1922 年 2 月に安徽省の安慶法政専門学校で英語教師として務めた体験を題材に創作した小説「茫茫夜」の内容から見てみよう。この小説は主人公の「于質夫」が上海を離れて、A城へ新人教師として赴任したが、そこで性欲の衝動や軍閥に買収された学生が学内の騒乱を起こしたなどのことが切っ掛けとなって、遊郭に向かわせられるようになった経緯を描いた。第4章で、「性欲が人一倍強い」「于質夫」が性欲の発作を起こしているときに、教務長から学生が夜に騒乱を起こすため、外に出ない方がいいという忠告を受け、逆に平静でいられなくなり、街に出た。街の雑貨屋の女性店員に見惚れて、彼女の使い込んだハンカチと針を強請って、家に帰った後、鏡を見ながら自らの顔を刺す場面がある。

> 彼は思い切り針で頬を刺した。もともと興奮していたため、赤と白が互い違いになっていた顔から、突然瑪瑙のような血の玉がこぼれた。彼はそのハンカチで拭いて、鏡の中に映っていた顔からまたつやのある血の玉がこぼれた。鏡の中の顔にはこぼれた血の玉に向かって、ハンカチに残った緋色の血痕を見て使い込んだハンカチと針のにおいを嗅ぎ、そのハンカチの主人の反応を推量し、一種の快感が全身まで染み込んだよ

---

① 鄭伯奇「郭沫若与郁達夫」（『鄭伯奇文集』、陕西人民出版社、406 頁、1988 年）。原文：他的兴趣似乎偏重于十九世纪末期的作家。他喜爱王尔德，也好读道生、汤姆生等人的诗，而王尔德的艺术对他影响较深。他阅读日本现代作家的作品不少，他也比较喜爱谷崎润一郎和佐藤春夫等艺术派作家。

うな気がした。まもなく、電気が消えた。彼はそれまで楽しんでいた快感を断ち切られることを恐れて、じっと暗い部屋の中で座っていて、その変態的な快感を貪るように味わっていた。夜まわりが彼の窓の下まで歩いてきたとき、彼はやっと夢から目覚めたばかりの人のごとく、その針とハンカチを抱えて手探りでベッドを探して横たわった①。

こうしたフェティシズム・マゾヒズム振りは、まさに谷崎の「刺青」と「悪魔」の合体であるかのように思われる。まず「刺青」の一節を見てみよう。

この若い刺青師の心には、人知らぬ快楽と宿願とが潜んで居た。彼が人々の肌を針で突き刺す時、真紅に血を含んで脹れ上る肉の疼きに堪へかねて、大抵の男は苦しき呻き声を発したが、其の呻きごえが激しければ激しい程、彼は不思議に云ひ難き愉快を感じるのであった②。

次に「悪魔」の一節である。

四つに畳まれた手巾は、どず黒い板のやうに濡れて癒着いて、中

---

① 拙訳。原文：他就狠命地把针子向颊上刺了一针。本来为了兴奋的原故，变得一块红一块白的面上，忽然滚出了一滴同玛瑙珠似的血来。他用那手帕揩了之后，看见镜子里的面上又滚了一颗圆润的血珠出来。对着镜子里的面上的血珠，看看手帕上的猩红的血迹，闻闻那旧手帕和针子的香味，想想那手帕的主人公的态度，他觉得一种快感，把他的全身都浸遍了。不多一忽，电灯熄了，他因为怕他现在所享受的快感，要被打断，所以动也不动地坐在黑暗的房里，还在那里贪尝那变态的快味。打更的人打到他的窗下的时候，他才同从梦里头醒来的人一样，抱着那针子和手帕摸上他的床上去就寝。郁達夫「茫茫夜」、（『郁達夫文集』第1巻、前掲、133－134 頁）。

② 谷崎潤一郎「刺青」（前掲、第1巻、64 頁）

> を開けると、鼻感冒に特有な臭気が発散した。水洟が滲み透して、くちゃくちゃになった冷たい布を、彼は両手の間に挿んでぬるぬると擦って見たり、ぴしゃり頬ぺたへ叩きつけたりして居たが、しまひに顰めッ面をして、犬のやうにぺろぺろと舐め始めた。（中略）やがて二三分立つと、彼は手巾を再びそっと布団の下へ押し込み、目が眩くやうに惑乱された頭を抱へながら、憂鬱な暗澹とした物思ひに耽った[①]。

以上のように、郁達夫と谷崎の作品において、男性主人公たちが女性のハンカチに異常な執着をもち、性的な快感を得ようとする異常性欲の一種であるフェティシズム的表現が共通しているだけでなく、「茫茫夜」の主人公と「悪魔」の主人公がその行為から官能的興奮を得て、しまいに妄想に耽るような微妙な心理変化についても類似している。また、郁の作品の主人公が針で自らの顔を刺すというサディズム的な場面も「刺青」のバリエーションと見なして差し支えないだろう。永井荷風がかつて谷崎文学の「三箇の特質」[②]の第一である「肉体上の残忍から反動的に味わひ得らるゝ痛切なる快感」[③]と指摘していた要素は、郁の作品にも見出されよう。さらにこれらの描写を仔細に検討してみると、両者の文章はどうやらクラフト・エビングの記述を連想させるのである。

---

① 谷崎潤一郎「悪魔」（前掲、第1巻、297頁）

② 永井荷風が、「谷崎潤一郎氏の作品」において、谷崎の作品における三つの特質を指摘した。第一は「肉体的恐怖から生ずる神秘幽玄である。肉体上の残忍から反動的に味わひ得らるゝ痛切なる快感である」。第二は「全く都会的たる事である」。第三は「文章の完全なる事である」。（永井荷風「谷崎潤一郎氏の作品」、『荷風全集』第13巻、149−158頁、岩波書店、1963年）

③ 永井荷風「谷崎潤一郎氏の作品」（前掲、152頁）

クラフト・エビングのサディズムに関する一節で、「犠牲者の損傷及び其流血を眺めて、以て快感を得る」①という記述が、谷崎の「刺青」の主人公の心理に当てはまると同時に、「自身の指より血液の流出するを見て、淫好的要求を感ずる」②という記述は、「茫茫夜」の主人公に合致しているといえよう。さらに、クラフト・エビングはフェティシズムに関する記述で、次のような興味深いことを述べている。

> 屡々認められ、従って法医学上必要なるは、婦女の毛布（ハンカチーフ）に対する好愛なりとす。毛布（ハンカチーフ）フェティシスムスの屡存する所以のものは、毛布（ハンカチーフ）は常に之を見るものにして、且之には体温、特殊の臭もあり、又偶然に他人へ渡り得べきものなればなり。之に依りて早く己に毛布（ハンカチーフ）の観念と淫好的感覚とが連想作用を起こすこと屡之あるなり③。

大正期から昭和初期にかけて、「変態」を取り上げる雑誌や本は増えており、人々の関心を引き付けると同時に、「変態」ブームになったという前節に触れた事実を念頭におけば、郁達夫は谷崎作品と邂逅する前に、すでにクラフト・エビングの著述に興味を持っていたかと推察される。

もうひとつ興味深いのは、谷崎作品の中で最も目立つ特徴である足フェティシズムの傾向も、郁の作品にも見出されることである。ただ、足フェティシズムは谷崎文学だけのものではな

---

① 黒澤義臣訳『変態性欲心理』（前掲、111頁）。

② 同上。

③ 黒澤義臣訳『変態性欲心理』（前掲、212頁）。

く、むしろ世界文学共通のテーマということをここで断っておきたい。周知のように、中国には800年にわたって続いた纏足という習慣があるのに対し、ヨーロッパでも足は古くから性的象徴と看做されている①。古今東西を問わず、男性が女性の足を性的象徴と看做している点においては、共通している。さて、郁は自らの作品でいかにこの主題を現しているのであろうか。まず、1927年に書き上げた「過去」のなかに、次の描写がある。

> 彼女のその脚ときたら、じつに愛らしいものだった。もう二十は越えていたが、二本の肉づきのよい小さな脚は十二、三の少女のそれのようだった。私は彼女に絹の靴下をはかせてやったこともあるが、そのために、そのむっちりとやわらかい、まっ白な、爪先のほっそりした、踵の肉のあつい素足が、いつも幻想の中心になった。この足から私は奇妙な夢をいくつもつくりだした。たとえば、食事の時、まっ白いつやつやした米粒を見ると彼女の足を連想した。「もしこの碗の中に」と私は思った。「もしこの碗の中に盛られたのが彼女のあのやわらかな足だったら、今こうして噛んでいると、彼女はきっとなんともいえぬ妙な痛みを覚えるに違いない。もしもこれが、彼女が横になって裸の足をのばし、私に噛ませているのだったら、あのまがった唇のあたりから、きっと夢中になって悲鳴をあげるにちがいない。もしかしたら、むっくりおきあがって私の頭をいやというほど殴りつけるかもしれない……」こんなふうに考えると、私はいつもより一杯ぐらいよけいにたべられるのだった②。

---

① フロイト「性理論のための3篇」(『フロイト全集』第6巻、198頁、岩波書店、2009年)

② 郁達夫著、岡崎俊夫訳「過去」(『現代中国文学6郁達夫 曹禺』、91頁、河出書房新社、1971年)

上に挙げた描写は、谷崎作品の影を明瞭に感じさせるものである。たとえば、谷崎の「痴人の愛」(1924 年)の「あゝ此の足、此のすやすやと眠っている真っ白な美しい足、(中略)、そしてまあ此の皮膚の柔らかさは、(中略)、さうだ、此の拇趾もあの時の通りだ。小趾の形も、踵の円味も、ふくれた甲の肉の盛り上りも、総べてあの時の通りぢやないか。……私は覚えず、その足の甲へそうッと自分の唇をつけずには居られませんでした。」[①]という一節を対照してみるならば、これは谷崎作品からの借用ではないかと考えられる。無論、足フェティシズムの傾向は中国文学にも遍在しているので、かならずしも谷崎経由で得たのではないかもしれない。確かに、足の審美感覚については郁自身が持っていたかもしれない。しかし、谷崎のような常にマゾヒズムのモチーフと絡んでいる足フェティシズムは、疑いなく中国伝統文学にはめったに見られない例であろう。「過去」の中で、次のようなマゾヒスティックな響きを奏でる一節がある。

> そんな時の私はというと、彼女の叱責をうけると心になんともいえぬ満足を覚え、時にはこうした施しを受けたいばっかりに、わざと彼女のいいつけにそむいて、手でぶたれたり、先のとがった革靴で尻を蹴とばされたりするようにしむけた。そして打ちかたが足りなかったり、蹴りかたが軽かったりすると、わたしはわざと「痛かないよ。まだまだ、もっと蹴って、もっと打って」という[②]。

---

① 谷崎潤一郎「痴人の愛」(前掲、第 10 巻、143 頁)

② 郁達夫著、岡崎俊夫訳「過去」(前掲、91 頁)

以上の考察から、郁達夫と谷崎との間に、異常性欲描写における影響関係が存在していることが推察されよう。しかしながら、郁達夫は、永井荷風のかつて評価していた「谷崎氏が描き出す肉体上の残忍は如何に戦慄すべき事件をも、必ず最も美しい文章を以て美しい詩情の中に展開させてあるので、丁度吾々が歌舞伎劇の舞台から「殺しの場」を味ふと同様、飽くまでも洗練琢磨された芸術的感激しか與へないのである。此点が換言すれば、肉体上の記述から直ちに精神的なる神秘幽玄の気味を作り出す所以にもなり得るのである」①という異常性欲描写を美意識と結びつける意図と自覚が欠如しているといえよう。

二、受容の理由について

では、郁達夫はなぜ異常性欲描写を受け入れたのであろうか。まず、彼が異常性欲描写をいかに意識しいるかから突き止めたい。

1923年8月12日に発表された「文芸賞鑑上之偏愛価値」②という文章の中で、彼は文芸鑑賞上における偏愛価値を３種に分類し、とくに第１種の「病的心理への偏愛」について力を入れて説明を加えた。

---

① 永井荷風「谷崎潤一郎氏の作品」（前掲、153頁）

② 郁達夫「文芸賞鑑上之偏愛価値」（『郁達夫文集』第5巻、160頁）

> 第一種偏愛の発生は、神経衰弱症、世紀病①と同じ原因を持っている。おおよそ現代の青年たちは、往々にして変異を好み、反抗、厭悪、情熱、狂気およびほかの特徴を持っている。これらの特徴のせいで、一般の文芸愛好者たちは、一般趣味に反対し、辺鄙な道に入る傾向を持つようになり、そこで偏愛価値が生まれたのであった。(中略) 移り気も一般の心理である。しかし、現代人の移り気は、世紀末特有の現象である。(中略) この心理は、偏愛価値の発生に絶大な関係があるだけではなく、新文学運動を促進する面においても、絶大な貢献をした②。

ここで述べている「病的心理への偏愛」は恐らく厨川白村が『近代文学十講』の中で指摘していた「神経の病的状態」と同一のものと考えられる。まず、厨川の「神経の病的状態」への言及を確認しておこう。

厨川は、まず「世紀末」は近代生活の情調であると指摘し、その一側面である「神経の病的状態」に関する理解は、次の4点に纏められる。第1は、「精神病的状態が、世紀末に著しく現

---

① Mal du siècle の訳語。18 世紀末から 19 世紀前半、フランスの若い世代を中心に蔓延した病的なまでの不安と虚無の感情。自己の願望と世界の秩序の不調和を悩み、疎外感と孤独感にさいなまれる。内面の欲求はその実現の手段をもちえず、自己が社会に対して無力であれば、葛藤は自我の滅却によってのみ解決される。すなわち死への憧憬、自然との融合の願望、夢想への逃避などが強調される。それはフランス革命以降、社会変革の埒外におかれた貴族層の不満の表現でもあった(『集英社世界文学事典』、855 頁、2002 年)

② 拙訳、郁達夫「文芸賞鑑上之偏愛価値」(前掲、160－161 頁)。原文：第一种偏爱的发生，与神经衰弱症，世纪病，有同一的原因，大凡现代的青年总有些好异，反抗，易厌，情热，疯狂，及其他的种种特征。因这几种特征的结果，一般文艺爱好者，遂有一种反对一般趣味，走入偏僻无人的路里去的倾向，偏爱价值于是乎就出生了。(中略)喜新厌旧，也是一般的心理，不过现代人的易厌，喜变换，却是一种世纪末特有的现象。(中略)这一种心理，非但于偏爱价值之发生，有绝大的关系，就是于促进新文学运动的方面，也有绝大的贡献。

れた。殊に文芸の方面の人にさういふ傾向が著しいと云って、或一部の学者は近代の作家を以て、明らかに高等変質者 dégénérés supérieurs であると断じた」[①]。第2は、「すべて精神の病的状態と刺激を求める心は、結果がやがてまた原因となって両者の間に相即不離の関係がある」、「神経が病的であるから熾に刺激を求める、刺激が多いから、なほさら病的になるといふ次第である」[②]。第3は、「あながちに病的であるとして、之を貶し去る事の出来ない」、「あらゆる感覚の鋭敏は文明人の特色である」[③]。第4は、「世紀末」という時代が精神上の異常をもたらすことに賛同しながらも、その精神上の異常をノルダウのように「変型者はこれに特殊なる才能を除けば、唯犯罪者又は発狂者たるに止まり、健全なる人道の上より見れば、実に何等の用をも為さゞなり。…余は異才なる変型者は、人類の発展を促進すべき活力なりといふロンブロゾー氏の説に賛すること能はざる者なり」[④]という否定的な判断を下したのではなく、「変質者こそ人類一般の文明を進歩せしむる活力である」[⑤]というロンブローゾ式の捉え方で積極的にその役割を評価しようとしていた。

両者は、「病的心理への偏愛」を「世紀末」的なもの、「近代」的な現象として捉えていたことが共通している。この認識は、すでに第1章で論じてきたように、明治末の知識人に遡ること

---

① 厨川白村「近代文学十講」（『厨川白村全集』第1巻、前掲、63頁）
② 同上、71頁。
③ 同上、75－76頁。
④ ノルダウ「末世論」（前掲、95頁）
⑤ ノルダウ「末世論」（前掲、66頁）

が出来る。そこで、中国における近代文学を目指していた郁が、「病的心理への偏愛」に対して「新文学運動を促進する面においても、絶大な貢献がある」という積極的な受け入れ方をしたことも理解できるだろう。

郁達夫における厨川白村受容の背景には、当時日本文壇における厨川白村作品の流行が大きく影響していた。1912年3月刊行された『近代文学十講』は当時の日本文壇に与えた影響が次の文から窺える。

> この書は、明快で要を得た講述振りが迎えられて読書界に一新時期を画し、ことに文学に関心をもつ若い人々の間に愛読された。その後、『○○十二講』『○○十講』という題の書物が続出し、また同じ装幀のものも現れるなど、当時の出版界に大きな影響を与えた[①]。

厨川著作の普及の状況を示すものに、以上の文章だけではなく、『近代文学十講』が1914年6月25日まで、21版まで印刷を重ねたことは、改めてその影響の大きさを裏付けたと思われる[②]。1913年から10年間ほど日本に滞在していた郁は、疑いなく厨川から影響を受けたことが推察されよう。

ここまで来ると、郁における「病的心理への偏愛」への理解

---

① 昭和女子大学近代文学研究室「厨川白村」(『近代文学研究叢書』第22巻、281頁、1964年)

② ここでは、工藤貴正『中国語圏における厨川白村現象—隆盛・衰退・回帰と継続—』(思文閣、2010年)25頁を参照した。なお、日本における厨川白村著作の普及及び評価状況について、この本の第一章「厨川白村著作の普及と評価—日本での同時代人の評価を中心に」に詳しい。

には、厨川の影響が大きいといえよう。しかし、郁と厨川の「病的心理への偏愛」をもたらす原因への理解には、大きな相違点が存在している。

まず、厨川は次のように語っている。

> 近代の生活は昔の浪漫的な時代と違って、それは極めて平凡である、そしてその平凡な生活を送るのにさへ昔に倍した努力を要し、苦痛を忍ばねばならぬ有様である。後段に於て説くべき彼等の人生観が既に圧迫せられたる行き詰まったものであるのみならず、外部の日常生活そのものが既に平凡単調にして、また倦怠疲労を招くものである。外界の圧迫に殆ど身動きの取れない状態である。従って彼等はこの一種の獄裏の生活に堪へ得ずして、肉感の方面にのみ強い刺激を猟るのである。これがためには或は不自然な人工的手段により、或は道徳法律の埒外にも飛び出す事をすら敢へてするのである。

なるほど厨川の所謂外界の圧迫とは近代生活の平凡さであり、その平凡さこそが苦痛を生むものであり、官能に耽溺するようになる根源である。こうした考え方は実質的にノルダウの考えと同根のものである。これに対し、郁の理解している外界の圧迫とは、「古来の伝統道徳」や、「法律や国家観念など人性を束縛するもの」に縛られていた当時の中国の暗黒な現実であり、生活の平凡さとは全く相反するものである。そのため、多くの場合において、異常性欲描写は暗黒な現実から逃れ道の無い主人公たちの苦悶の自我を表象する手段にすぎないといえよう。

一方で、谷崎の「青春物語」の中に、次のような注目すべき追憶があった。

> 私の精神衰弱は、"The Affair of Two Watches"にも書いてあるやうに、一高から大学へ移った時代が最も激しく、一時は発狂しやしないかと自分でも危ぶんだくらいであった（中略)、われわれの時代の精神衰弱は、もっと世紀末的な、廃頽的なものであった。かのマックス・ノルドオがその著「デゼネレエション」の中で論じているやうな病的な近代思潮が、われわれの頭を支配していた（中略)あゝ云ふものを読んだ時の不安と恐怖とはわれわれの神経に深く作用して、情操を打ち砕き、官能を押し歪め、① (以下省略)

ここに、谷崎と郁の共通点が見出される。つまり、異常性欲描写は両者にとって、「世紀末」支配下の病的な近代思潮の産物であった。しかし、両者は「世紀末」に対する理解を異にしている。「一高から大学へ移った時代」(つまり、1905年から1908年にかけての4年間)、常に谷崎を苦しめた恐怖感の発作が、「悪魔」執筆前後アイゼンバーンクランクハイト（鉄道病）までエスカレートしていったという経緯は、ノルダウの「変質者」の特性に関する記述を連想させる②。それは、近代化もしくは都市化というものを意識した上での反応である。谷崎の世紀末観念は、荷風がかつて指摘していた「まったく都会的なこと」であり、ノルダウ流の大都会の発展によってもたらされた疎外感

---

① 谷崎潤一郎「青春物語」(前掲、13巻、418－420頁)

② ノルダウ「末世論」(前掲、86－87頁)

と孤独感の産物である。これは物質的な近代化が進められた社会に身を置いた知識人の抱いた本能的な違和感、というよりは嫌悪感であった。

三、結論

要するに、両作家は異常性欲描写を「世紀末」的なもの、「近代」的な現象として捉えようとした点でたがいによく似ている。また、郁は、この捉え方を厨川経由で得たと思われる。谷崎にとっての異常性欲描写は、ノルダウのかつて論じていた、知識人の高度の物質文明への反感を表象している。しかし、郁の異常性欲描写は当時中国における伝統的政治秩序の破壊および日本からの民族的圧迫を背景にしていた。

谷崎の作品を開いてみれば、異常性欲描写が常に鏤められていた。これはおそらくクラフト・エビングと邂逅した谷崎が、それを機にして自己を再発見したと同時に、異常性欲が時代や社会や国境を越えた世界普遍な主題であることを教えられ、それが自らの作品の主題にするに十分値するという自信も与えられたのだろう。それに対し、郁の文学を振り返ってみれば、異常性欲描写の入った文章はそれほど多くはない。しかも、そのほとんどは彼の前期作品に集中している。その理由はなぜだろう。

佐藤春夫がかつて谷崎潤一郎の文学をつぎのように評したことがある。

その芸術の中には一種のシャラタニズムがある、然もそれが可なり本質的なものでその為に彼の芸術をへんにして了ふ惧れもある。さうしてそのシャラタニズムは彼の人にあっては偽悪家になっている。その悪魔主義をほんの彼が思想上の装飾的要素位にしか受け取らないのは、私生活に於ける彼の寧ろ徳望者に近いやうな生活態度と、また彼の芸術そのものゝ中の悪魔的要素なるものが余りに空疎なのを痛感するがためである[①]。

佐藤の谷崎に対するこのような読み方についての是非はべつとして、この読み方は郁にも適用できるのではないだろうか。彼の一部分の作品はただ異常性欲という仮面を被ったにすぎない。この点から言えば、異常性欲描写は郁にとっては、一種の飾り的要素に過ぎないだろう。多くの場合において、異常性欲描写は暗黒な現実から逃れる道の無い主人公たちの苦悶の自我を表象する手段にすぎないといえよう。

第三節　「inside reality」への追求
──施蟄存の「石秀」と「在巴黎大劇院」における谷崎文学の受容──

これまで、施蟄存（1905－2003）が影響を受けた作家として、シュニッツラー、シェンケヴィチ、フロイト、ポー等は挙げら

① 佐藤春夫「潤一郎・人及び芸術」（『定本佐藤春夫全集』20巻、19頁、臨川書店、1998－2001年）

れてきたが[①]、谷崎からの影響は今まであまり論じられていなかったといえよう[②]。無論、ひとりの作家が、文学創作に際して、無意識のうちに、多数の作家から影響をうけていたことは自明である。また、それらすべてを明らかにすることがかならずしも十分に取り組む価値のある課題であるともいえない。然るに、施蟄存における谷崎からの影響は実に注目に値する論題だと考えられる。なぜなら、こうした関わりは、単に題材やテクニックの受容だけに止まらず、それぞれの作品の深層に潜む両作家のそれぞれの母国の近代小説へ向けた眼差しの中で、合致しているところも多数存在しているからである。そこで、本節はまず、施蟄存における文学の出発、形成および発展の過程を追いながら、彼の作品における異常性欲描写に焦点を当て、その受け入れ方を検討したいと思う。さらに、その受容してきたものは彼の文学において、如何なる位置づけを占めているかを考察してみたい。

---

① 代表的な先行研究は以下の通りである。

1. 翁菊芳「恐俱与恐怖——施蟄存与愛倫・坡荒誕小説比較分析」（『鄭州航空工業管理学院学報』(社会科学版)、2008年)2. 楊迎平「受其影響、又摆脱影響——施蟄存与弗洛伊徳理論」（『湛江師範学院学報』5期、2008年)3. 斎藤敏康「施蟄存とA.シュニッツラー—『婦心三部曲』と「霧」「春陽」」（『野草』第66号、2000年)

② 管見によれば、谷崎との関連を述べた研究は以下の通りである。

1. 銭暁波「施蟄存の「在巴黎大劇院」と谷崎潤一郎の「悪魔」—比較文学の視座からみた素材の類似と都会のイメージ」(『杏林大学研究報告教養部門』第20号、2003年)2. 青野繁治「施蟄存「石秀」の成立」（『野草』第72号、2003年）3. [美]史書美著、何恬訳『現代的誘惑——書写半殖民地中国的現代主義(1917－1937)』(江蘇人民出版社、2007年)

一、施蟄存の創作経歴

「文芸創作を企てて、私が最初に力を入れたのは詩作である」[①]と、1905年生まれの施蟄存は、最初の創作歴をこう顧みている。まだ中学生であった彼は、「宋詩」や「唐詩」に耽って、さらに自らそれを真似て、詩作した。彼は中国の古典に親しむ一方で、中学時代から『礼拝六』、『星期』といった鴛鴦蝴蝶派の雑誌に投稿し始めた[②]。と同時に、新文学から吹き込まれた清新な息吹にも引かれつつ、結局鴛鴦蝴蝶派から新文学へと移行することを決意して、文学における新しい道を模索し始めた。

彼は、田山花袋やポーなど日本やアメリカなどの近代小説家へ近づいていく途中で、「絹子」や「妮儂」などの模倣作を相次いで生み出した[③]。しかし、彼はこれらの作品を新文学創作であるとは認めていない。というのは、文芸創作にあたって、彼が重視しているのは「創意」にあるからである。「一人の作家として他人の作品に頼ったり模倣したりしていては、自分の作品を書くことなどできはしない」と彼はこう考えていた[④]。こう

---

① 施蟄存「わが創作生活の曆程」(『砂の上の足跡——或る中国モダニズム作家の回想』(施蟄存著、青野繁治訳、18頁、大阪外国語大学学術出版委員会、1999年)

② 施蟄存の初期文学に関する代表的先行研究として、1. 徐暁紅「文壇デビュー期の施蟄存－「新旧我無成見」を中心に」(『野草』85、2010 年)2. 徐暁紅「新発見資料から再評価する施蟄存の初期文学」(『東京大学中国語中国文学研究室紀要』12、2009年)が挙げられる。

③ 大東和重「恋愛妄想と無意識——『蒲団』と中国モダニズム作家・施蟄存」(『東大比較文学会』、2003年)を参照。

④ 施蟄存「私の最初の本」(『砂の上の足跡——或る中国モダニズム作家の回想』、前掲、13頁)

した模倣期と反省期をへて、1926年に発表された「上元燈」を皮切りに、施蟄存は「鳩摩羅什」(1929年9月)、「将軍底頭」(1930年10月)、「石秀」(1931年2月)、「在巴黎大劇院」(1931年8月)、「魔道」(1931年9月)など、心理分析手法を取り入れた小説を相次いで発表した。

上記の心理分析作品を捉えるにあたって、まずオーストリアのシュニッツラーの影響を射程に入れるべきである。彼の回想に依れば、最も早く影響を受けたのは、シュニッツラーである[①]。彼は英語ないしフランス語の訳本に依拠し[②]、シュニッツラーの作品を数多く翻訳した[③]。シュニッツラーの作品は、彼に心理分析的方法をマスターさせただけでなく[④]、後にフロイト、エリス[⑤]、サド[⑥]の著作にも目を向けるようになる契機となった。

施蟄存の心理分析作品には、主人公が汚物に対して特別な興

---

① 施蟄存「中国文壇のために「現代」の火花を散らす」(『砂の上の足跡——或る中国モダニズム作家の回想』、前掲、242頁)

② これについて、施蟄存が次のように述べていた：我不解德文,但显氏作品的英法文译本却一本没有逃过我的注意(施蟄存訳、陳子善編『老古董倶楽部：施蟄存訳文集』、4頁、広西師範大学出版社、2005年)

③ 施蟄存によるシュニッツラーの翻訳については楊迎平の研究に詳しい。(楊迎平「施蟄存翻訳工作对中国现代文学的貢献」、『中国現代文学研究叢刊』、2004年4月号)

④ 施蟄存「中国文壇のために「現代」の火花を散らす」(前掲、242頁)

⑤ 施蟄存が目を通したのはエリスの『*Psychology of sex*』である。(施蟄存「中国文壇のために「現代」の火花を散らす」、242−243頁による)

⑥ 1930年代頃、サドの『*Venus in Furs*』を読んだことがあると施蟄存が回想していた。(『施蟄存海外書簡』、32頁、大象出版社、2008年)

味をもつ場面や、人を殺害する妄想をして、性的満足をえようとする心理描写が散見される。ここから、彼と谷崎との密接なつながりが見出せる。実は、施蟄存自身何度も谷崎から影響を受けたことに言及している。たとえば、彼は回想録で、劉吶鴎は日本で出版された文芸の新刊書をたくさん持って帰って、その中に谷崎潤一郎の小説があった①と回顧している箇所があった。または、変態性欲に関しては、彼が李欧梵に提供した資料の中で、谷崎から影響を受けたことを認めた②。さらに、彼が史書美からインタビューを受けた時、「魔道」の思想に関する材源は谷崎から得たと発言した③。以上から見れば、谷崎から施への影響関係は疑いなく明瞭に存在しているといえよう。

施蟄存は日本語が出来なかったので谷崎の作品を原文で読むことは基本的に不可能だったため、両者の異常性欲描写における影響関係を考察するにあたって、まず当時の谷崎翻訳状況を念頭におかなければならない。施蟄存が谷崎の影響の跡を残す作品を書いた時期と谷崎作品の訳本の出版時期と考え合わせれば、彼の「在巴黎大劇院」、「石秀」は谷崎の作品から影響を受けた痕跡が窺える。

---

① 施蟄存「最後の親友－馮雪峰」(『砂の上の足跡——或る中国モダニズム作家の回想』前掲、178頁)

② 施蟄存が次のように述べていた：变态性欲的资料我不敢用，不是中国可能接受的，但我也受过一些谷崎润一郎的影响。(『施蟄存海外書簡』、前掲、9頁)

③ 史書美が次のように述べていた：施蛰存在采访中揭示了一个显著的联系：他正是从谷崎润一郎的作品中了解到后来作为《魔道》思想来源的那些著作的。(史書美著、何恬訳『現代的誘惑——書写半殖民地中国的現代主義(1917－1937)』、404－405頁、江蘇人民出版社、2007年)

二、施蟄存の「在巴黎大劇院」と谷崎の「悪魔」

施蟄存の「在巴黎大劇院」と谷崎の「悪魔」を一読して、まず人物設定の上でかなりの共通点を有していることが看取されよう。「悪魔」の主人公佐伯は岡山の六高から大学に進学した大学生であり、叔母とその娘照子の住む家に寄宿していた。彼は機関車や街の様子に代表されている大都会からの刺激に耐えられず、恐怖症にかかった。神経質な彼は照子からの強い性的誘惑と、書生の鈴木からの「自分が照子の許婚だ」、照子に近づかないようにしろという脅しに悩まされ、性的妄想と被害妄想に取り付かれていた。

一方で、「在巴黎大劇院」の主人公「私」の置かれていた背景は、外国の映画や俳優が頻繁に登場していた大都会上海のある劇場である。「私」が誘った女性が「私」の先を越して、映画の入場券を買ってくれたので、「私」は体面を損なうと感じつつ、妻ではない女性と映画を見ることが知人にばれるかという不安を持っていた。つまり、両作品の男主人公は、いずれも近代都市文明にさいなまれた神経質な「世紀末」ヒーローとして造形された。

次は、細部描写の類似を見てみよう。「在巴黎大劇院」の主人公「私」は、二十世紀二三十年代の上海にある大劇場で、妻ではない一人の女性と一緒に映画を鑑賞している間に、その女性にひきつけられ、心に動揺をきたす。とくに、性的な興奮をするについて、

　これはきっと彼女の香水と汗が交じり合ったにおいに違いない。舐めたい、これを舐めたら、どんな味なんだろう。さぞ面白いに違

いない。このハンカチを唇の左端から右端まで走らせたら、舌を伸ばしていたら、それに従って、舐めることが出来るだろう。(中略)このチャンスはいいね、見逃さず思い切って吸わせてもらおう。……ここはしょっぱい、彼女の汗の味だろう。……でもここは何だろう、こんなに塩辛くて……おそらく痰と鼻水なのだろう。そうだ、たしかに痰と鼻水なんだ。すごくねばねばしている。ほんとうに新しい美味に出会ったものだ。舌はきっとその味に微かに震えるに違いない①。

という心理描写が見られる。こうした描写を読んで、直ちに思い出されるのが谷崎の1912年に発表された「悪魔」の次の一節である。

四つに畳まれた手巾は、どず黒い板のやうに濡れて癒着いて、中を開けると、鼻感冒に特有な臭気が発散した。水洟が滲み透して、くちゃくちゃになった冷たい布を、彼は両手の間に挿んでぬるぬると擦って見たり、ぴしゃり頰ぺたへ叩きつけたりして居たが、しまひに顰めッ面をして、犬のやうにぺろぺろと舐め始めた。……此れが洟の味なんだ。何だかむっとした生臭い匂を舐めるやうで、淡い、鹽辛い味が、舌の先に殘るばかりだ。しかし、不思議に辛辣な、怪

---

① 拙訳。原文：这里一定是混合着香水和她底汗的香味。我很想舔舔看，这香气的滋味是怎样的。想必是很有意思的吧。我可以把这手帕从左嘴唇角擦到右嘴唇角，在这手帕经过的时候，我可以把舌头伸出来舔着了。(中略)这时机倒很不错，让我尽量地吮吸一下吧。……这里很咸，这是她的汗的味道吧……但这是什么呢？这样的腥辣？……恐怕是痰和鼻涕吧。是的，确是痰和鼻涕，怪黏的。这真是新发明的美味啊！我舌尖上好像起了一种微妙的麻颤。(施蟄存「在巴黎大劇院」、『小説月報』第22巻第8号、1013頁、1931年)

しからぬ程面白い事を、己は見付け出したものだ。人間の歓楽世界の裏面に、こんな秘密な、奇妙な楽園が潜んで居るんだ①。

見たとおり、施蟄存は谷崎の専売であるスカトロジーの手法を忠実になぞったのである。そして、このスカトロジー行為の理由を探すならば、細江光が、谷崎本人とその文学は、フロイトにもとづいて、几帳面、倹約、強情と特徴付けられた肛門性格の特徴に符合するところが多く、たとえば、「悪魔」の主人公が鼻をかんだハンカチを舐める場面において、鼻の孔は肛門に、鼻汁は、鼻糞という言葉があることからも大小便に準ずるものと指摘していた②。一方で、「在巴黎大劇院」の主人公の性格は、「悪魔」の佐伯と似通っているとはいえ、金銭コンプレックスを抱えている点においては違っている。興味深いことに、フロイトは金銭コンプレックスと排便コンプレックスとの間に、緊密な関係が存在していると指摘したことがあった。

金銭利害についてのコンプレックスと排便コンプレックスは、見たところまったく異質なようであるが、じつはこの二つを結ぶ関係は、じつにいたるところに溢れている。精神分析の修練を積んだ医

① 谷崎潤一郎「悪魔」（前掲、第1巻、297頁）。なお、施蟄存は「悪魔」の中国語訳から影響を受けたと思われたため、その対応する箇所をここで挙げておく：四折叠的手帕，打湿而粘着了，像灰黑的板一样，揭开中间来，发散出鼻伤风特有的鼻气，水涕浸透了滑滑的冷了的布片，他放在两手中间滑擦哩，贴到脸孔上哩末了蹙了额，像狗吐出舌头一般去舔了。……这是涕的味道哪，仿佛像舔闷沈沈臭气一般只有淡淡的咸味留在舌尖上。可是这不可思议的辛辣的非常有趣的事情，被我发现了。在人间欢乐世间中的里面，却有这样秘密奇妙的乐园潜在着。……（章克標訳「悪魔」、105頁、『東方雑誌』第25巻第19期、1928年）

② 細江光『谷崎潤一郎 深層のレトリック』（前掲、328－333頁）に詳しい。

者ならおそらく誰もが知っているだろうが、神経質症者たちの頑固で長期にわたるいわゆる慢性便秘は、精神分析の方法で除去できる。催眠暗示にも同様にそうした機能があったことを思い起こすなら、これもさほど驚くべきことではないかもしれない。しかし精神分析においては、こうした効果が達成されるのは、当人たちの金銭コンプレックスに触れ、彼らに、これを余すところなく意識させる場合にかぎるのである。この場合、神経症は、お金を出ししぶる人を「汚ない」とか「しみったれ filzig」（英語では filthy=汚ない）と呼ぶ言語習慣からの示唆にしたがっているにすぎないということができるかもしれない。（中略）じっさい、いにしえの文化、神話、童話、迷信、無意識的思考、夢、そして神経症など、太古の思考法が支配的であったところ、ないし今なおそうありつづけているところでは、いたるところで、金銭と糞とのきわめて密接なつながりが見出せるからである①。

施の造形した主人公の性格特徴から、上記の金銭コンプレックスと排便コンプレックスとの関連性が容易に見出せよう。そこで、施は谷崎のスカトロジーの手法を受け入れたことによって、フロイトの「肛門性格」解釈を自らの作品に応用しようとした意図が読み取れる。

つぎに、両作品におけるもうひとつの共通点は、物語の展開に関してみていくならば、具体的出来事は少なく、ほとんど主人公のさまざまな妄想、特に性的妄想によって展開されていく点である。こうした性欲心理への関心は、「石秀」という中国古典小説『水滸伝』を踏まえて書き出した作品においても鮮やかにその姿を現している。

---

① フロイト「性格と肛門性愛」（『フロイト全集』第9巻、284頁）

三、施蟄存の「石秀」と谷崎の「悪魔」、「続悪魔」

「性欲心理を描くのに力を注いだに過ぎない」[①]と施蟄存の明言しているこの作品において、いうまでもなく、その主眼となるのは、主人公における性欲心理の葛藤というモチーフである。主人公石秀が楊雄の家に寄宿している間に、楊雄の妻潘巧雲に惹かれ、その性的欲望が満たされないために、潘巧雲を殺害する妄想をして、異常な性的満足をおぼえる。

> このナイフを全裸の潘巧雲の体に突き立てたら、あのきめの細かい白い肌から鮮血が流れ出して、彼女は愛嬌のある顔を苦しそうにそむけるだろう。あのつやのある黒髪は乱れて乳首の辺りまで垂れる。あの歯並びのいい歯は真っ赤な舌か下唇をきつくかむだろう。そして両手両足をピクピク震わせるだろう。こんな光景を想像すると、それは驚くほどに美しいだろう[②]。

これは谷崎の「悪魔」における性欲が抑圧された主人公佐伯が、叔母が殺されるのを想像する場面と非常に似通っている。上記と照らし合わせて、「悪魔」にある一節を引くと、

> ふと、佐伯は、フランネルに包まれた、むくむくした叔母の體が、襟髪かなんかをムズと摑まれて、残酷にづでんどうと引き摺り倒さ

① 施蟄存「将軍底頭自序」(『東方赤子大家叢書・施蟄存巻』、393 頁、華文出版社、1999 年)

② 拙訳。原文：如果把这柄尖刀，刺进了裸露着的潘巧云底肉体里去，那细洁而白净的肌肤上，流出着鲜红的血，她底妖娇的头部痛苦地侧转着，黑润的头发悬挂下来一直披散在乳尖上，整齐的牙齿紧啮着朱红的舌尖或是下唇，四肢起着轻微而均匀的波颤，但想像着这样的情景，又岂不是很出奇地美丽的吗？(施蟄存「石秀」、『小説月報』第 22 巻第 2 号、269 頁、1931 年)

れ、血だらけになって、キャッと悲鳴を揚げる所を想像した。あの懐に見えて居る、象の耳のやうにだらりと垂れた乳房の邊へ、グサッと刃物を突き立てたら、どんなだらう。不恰好に肥つた股の肉をヒクヒクさせ、大根のやうな手足を踏ん張って、ひいひいばたばたと大地を這ひ廻った揚句、あの仔細らしい表情の中央にある眉間を割られて、キュッと牛鍋の煮詰まったやうに、息の根の止まる所はどんなだらう①。

上記の、谷崎式のサディズムの表現は「石秀」の随所に見出せる。たとえば、楊雄が潘巧雲を殺害するシーンは『水滸伝』に基づいて描き出したが、『水滸伝』にはなかった楊雄が潘巧雲の舌を抉り出し、鮮血が流れる描写や、傍観する石秀の愛欲心理の描写を補うことによって、サディズムのシーンが再構成されるようになったと青野繁治は指摘している②。では、施蟄存はなぜサディズムの表現を作品に持ち込むのであろうか。それは彼の美意識と深く関わっていると考える。つぎのような一節がその解釈である。

実は、石秀は一瞬の間に、すべて艶のある美しさは恐怖というものだと感じたのだ。ぴかぴか光っている鋼の刀が眩しいほど寒い光を放っているのは、艶のある美しさであり、人を殺して、その血の

---

① 谷崎潤一郎「悪魔」（前掲、第1巻、291頁）。その中国語訳に対応する箇所は以下のとおりである：立刻佐伯想象到那被法兰绒包裹着的姑母，那小胖胖的身体由拉着鬓毛或者什么，惨酷地摔倒在地上，鲜血淋漓的，发出锐烈的悲鸣那种情景。在那怀中如同象的耳朵一般垂下的乳旁边，一刀插刺进去，是怎样的呀！那异样不调和的肥胖的股肉抖颤着，像大萝卜一般的手脚在空中擂鼓似地动，打醉八仙般地闹了一回之后，那矜重的表情中央被斩开了，咻的像煮牛肉一样那断气的那刻，是怎样的。（前掲、103頁）

② 青野繁治「施蟄存「石秀」の成立」（前掲）を参照。

花が飛び散ることは艶のある美しさでありながら、恐怖といわざるをない。闇の夜に宮室や広い森が焼かれているときの炎は、艶のある美しさでありながら、恐怖でもある。酒に真っ赤な色がさしていて、それを飲んで酔眼陶然となり、歌ったり舞ったり、弾いたりするのは、いかにも艶のある美しさではあるまいか。しかし、結果的にはそれは恐怖といわざるを得ない[①]。

上記のサディズムの肉体の恐怖を美意識に結び付けようとした、郁達夫に欠如していた点は、明らかに谷崎から来ているのではないだろうか。施が美意識の枠組みを構築するにあたり考えていたことは、おそらく「芸術を思ふ時、私は悪魔の美に憧れる」[②]という谷崎の一文に要約されるではないかと思われる。そして、「石秀」そのものが何よりの証拠である。

次には、「石秀」の物語の展開を見てみよう。「在巴黎大劇院」の物語の展開が「悪魔」と同じく、登場人物のさまざまな妄想によって支えられていたとすれば、「石秀」は、谷崎の「続悪魔」のように、「主人公の空想世界での出来事を現実世界が追いかける形」[③]で進行している。「続悪魔」の内容は「悪魔」を引き継

---

① 拙訳。原文：原来石秀好像在一刹那间觉得所有的美艳都就是恐怖。雪亮的钢刀，寒光射眼，是美艳的，杀一个人，血花四溅，是美艳的，但同时也就得被称为恐怖；在黑夜中焚烧着宫室或大树林的火焰，是美艳的，但同时也就是恐怖，酒泛着嫣红的颜色，饮了之后，醉眼酡然，使人歌舞弹唱，何尝不是很美艳的，但其结果也得说是一个恐怖。（施蟄存「石秀」、前掲、255 頁）

② 谷崎潤一郎「父となりて」（前掲、第 22 巻、29 頁）

③ 金子明雄「文学における「 異性愛」 の表象、あるいはセクシュアリティを語るとは「 私」にとってどのようなことか」（日本近代文学会春季大会、2001 年）を参照。

ぐテクストである。主人公佐伯は照子と関係を結んだ。それが許嫁者鈴木に発見されたあと、佐伯と照子との間に次のような会話が交わされた。

「殺されない、殺されないと思って居ると大間違ひだ。己達は殺されるより外、別に方法がないやうにばかりしむけてるぢやないか。彼奴はお前を殺さなくっても、己を殺すにきまって居る。——恐い恐くないは別として、己は唯豫言をして　置くんだ。」

「そんな豫言は神経衰弱の結果だわ。」

「神経が衰弱すると、却って或る方面には鋭敏に働くから、普通の人間の判らない事まで感じるんだよ。」①

そして、作品の最後で、佐伯は彼が予想していたようなやり方で鈴木に殺害されてしまった。此れに対し、「石秀」の中では、主人公石秀が潘巧雲に冷遇されている理由を想像している一節がある。

それはつまり、石秀の空想の中で、潘巧雲を思い出したと同時に、報恩寺の和尚裴如海のような猥褻で軽薄な姿も見えた。まさか女がこんな男を気に入ることはなかろう。もしも本当だとすれば、自分と楊雄がこの婦人から好意をもらえないのも当然のことだ。自分とはあまり関係がないが、楊雄兄貴はむざむざと彼女に一杯食わされた。ああ、一武士、一好漢は一人の婦人の眼の中で、なんと一和尚にはかなわないのだ。これは恥ずべきなことではなかろうか。こん

① 谷崎潤一郎「続悪魔」（前掲、第 1 巻、590 頁）

な予想が外れてくれればいいのだが①。

その後、彼は自ら予測していた潘巧雲と裴如海との浮気を発見した。それだけではなく、石秀の潘巧雲と侍女の迎児が殺害されるという願いも結末で実現されてしまうのである。

ここまで検討してきたように、佐伯と石秀との間は、預言者的かつ呪術的な特徴が共通している。フロイトは1913年に発表した「トーテムとタブー」の中、こうした考えることや願望することが現実の物事に当てはまる現象を「思考の万能」と名づけた②。

実は、「石秀」のラストシーン、たくさんのカラスが潘巧雲の心臓を突いて食うのをみて、「これはきっと美味そうだね」と石秀が独り言を言っていたというカニバリズム的な場面は、フロイトが「思考の万能」を説明する際に取り上げた諸例に一致している。フロイトは、アニミズム的思考様式の技法である呪術的行為を二つのグループに分け、その第二のグループに属しているカニバリズムについて次のような解釈をしていた。

原始人に見られるカニバリズムも、そのより精妙な動機を同様のやり方で導き出している。ある人物の身体のいくつかの部分を、食

---

① 拙訳。原文：那就是在石秀的幻像中，想起了潘巧云，总同时又仿佛看见了那报恩寺里的和尚裴如海的一派淫狎轻亵的姿态。难道女人所欢喜的是这种男人么？如果真是这样的，则自己和杨雄之终于不能受这个妇人的青眼，也是活该的事。自己虽则没有什么关系，但杨雄哥哥却生生地吃亏在她手里了。哎！一个武士，一个英雄，在一个妇人的眼里，却比不上一个和尚，这不是可羞的事么？但愿我这种逆料是不准确的呀！(施蟄存「石秀」、前掲、265頁)

② フロイト「トーテムとタブー」のIII「アニミズム、呪術そして思考の万能」(『フロイト全集』第12巻、97－126頁)を参照。

べ尽くすという行為によって自分のうちに取り入れ、その人物に属していた性質を我が物とする[①]。

こうしたカニバリズムがもたらした効果を、フロイトは連想の本質のひとつである観念的隣接性と指摘していた[②]。しかし、カニバリズムという呪術的行為は主に原始人にかぎってみられるというような極少数な現象であるとはいえ、呪術を統率している「思考の万能」というアニミズムの世界観は、ひとつの思考体系であり、世界についての最初の完全な理論であるというフロイトの指摘は念頭に置かなければならない。つまり、「思考の万能」は単に佐伯や石秀のような強迫神経症を背負った人物において明瞭に現れた特徴ということにとどまらず、人間精神のより普遍的根本的な性質である。

四、結論

以上から見る通り、施蟄存は、谷崎の初期作品における異常性欲描写だけではなく、その美意識や物語の構成にも関心を持ち、それを自らの作品に持ち込んだのである。その根本的な理由は、彼の強調している「inside reality」（内在現実）[③]にあると思われる。また「inside reality」という文学的モチーフを実現するために、彼はフロイト理論を踏襲した。「在巴黎大劇院」の中で描き出した近代人のスカトロジー行為にしろ、「石秀」の中で

---

① フロイト「トーテムとタブー」のIII「アニミズム、呪術そして思考の万能」（『フロイト全集』第12巻、102頁）を参照。

② 同上、106頁。

③ 施蟄存「中国現代主義の曙光」（『砂の上の足跡——或る中国モダニズム作家の回想』、前掲、239頁）

の古代主人公の預言者的かつ呪術的な特徴にしろ、いずれもフロイトのかつて指摘していた人間精神のより普遍的根本的な性質である。異常性欲を分析することを通して、時代や国境を越えた普遍性、つまり「inside reality」を照らし出したことは、おそらく施蟄存が異常性欲描写に託した真意ではないかと考える。

第四章　谷崎作品の女性像と恋愛論の受容をめぐって

第一節　「新しい女」から「モダン・ガール」へ
—「刺青」、「痴人の愛」を中心に—

谷崎文学を論じるなら、その女性像の問題を避けて通るわけにはいかない。そこで、本節では、谷崎の「刺青」、「痴人の愛」を取り上げ、それぞれ発表当時における女性運動社会史とのかかわりを検証しながら、作品中の女性像の変容を考察したい。

一、「刺青」と「新しい女」

谷崎の処女作「刺青」が発表された 1910 年は、のち 1910 年代前半まで俎上に載せられた「新しい女」の流行の始まった年でもあった。さらに、「刺青」の女性像を分析していくと、「新しい女」像と重なり合う点が多いと見なされる。では、まず「刺青」の女性像の成立は「新しい女」の流行に先行するかどうかという問題から考察したいと思う。

まず、「新しい女」の流行時期を確認しておこう。

日露戦争という帝国主義がピークに至った20世紀初頭において、帝国に見合った体制の構築を急務としていた日本は、対外的意識とナショナリズムとのかかわりで規範的女性像を「良妻賢母」と作り出した。日露戦争後、日本軍の強さを語る際に、日本人の国民性が欧米の個人主義とは異なる家族主義が見出される中で、良妻賢母の強みもまた確認された。さらに、1906 年に、当時の文相牧野伸次が講演で、欧米の例に倣う必要がないことを指摘し、日本独自の良妻賢母主義を強調したことが示しているように、教育の場でもその影響力が引き続き発揮されていた①。

一方で、こうした良妻賢母主義に対抗して、「新しい女」という言葉が登場した。金子幸子の研究によれば、日本で「新しい女」という言葉が始めて使われたのは1910 年に行われた坪内逍遥の講演「近世劇に見えたる新しき女」においてであった。坪内は講演中で『人形の家』や『故郷』の中で夫や父に盲従することを拒んでいて自立を求める女性ヒロインを「新しき女」の例として取り上げ、そうした「新しき女」の出

---

① 加藤千香子「「帝国」日本における規範的女性像の形成—同時代の世界との関係から—」（『東アジアの国民国家形成とジェンダー』、64－86 頁、青木書店、2007 年）を参照。

現を予言したという[①]。その翌年の5月、「新しき女」と題された連載が『東京朝日新聞』に登場し、議論の対象となっていたそのとき、『青鞜』が平塚らいてうによって創刊された。そこで、「新しい女」の代表的存在とされた平塚らいてうの「新しい女」観を見ておくことにする。その主張は2点にまとめられる。彼女はまず恋愛の自由を主張していた。それを実現させるには内部の心霊を解散し、その自然性を発揮しなければならない。つまり、「人であるという内的覚醒」を要請した。次に、旧来の男性中心の道徳や法律を否定する立場を取りながら、それまで規範とされた「良妻賢母」像に疑問を投げかけた。

『青鞜』発刊後、『新潮』(1912年9月)、『太陽』(1913年6月)、『中央公論』などのメジャーな雑誌が「新しい女」の特集

---

① 金子幸子「「新しい女」の出現とその軌跡—神近市子を中心に」(『東アジアの国民国家形成とジェンダー』、前掲、87−109頁)と牟田和恵、慎芝苑「近代のセクシュアリティの創造と「新しい女」—比較分析の試み」(『思想』886号、89−92頁、1998年)を参照。

なお、「新しい女」を対象にして比較文化史に関する代表的先行研究が、1. 牟田和恵、慎芝苑「近代のセクシュアリティの創造と「新しい女」—比較分析の試み」(『思想』886号、1998年)2. 牟田和恵「新しい女・モガ・良妻賢母—近代日本の女性像のコンフィギュレーション」(『モダンガールと植民地的近代: 東アジアにおける帝国・資本・ジェンダー』、岩波書店、2010年)があげられる。日本の「新しい女」に関する先行研究は多数あるが、そのほとんどが平塚らいてうと『青鞜』を中心に論じたのである。谷崎の場合においては、「刺青」と「新しい女」との関連性を論じる先行研究は見当たらないが、「痴人の愛」と「新しい女」、また「秘密」と「新しい女」を取り上げて論じたものがある:1. 西荘保「谷崎潤一郎『痴人の愛』と新しい女」(『近代文学論集』35、2009年)2. 張栄順『谷崎潤一郎と大正期の大衆文化表象 : 女性・浅草・異国』(서울특별시 : 어문학사、2008年)

を組み、『青鞜』に集う女性を「新しい女」と同一視したが、そのほとんどが批判的な評価といえよう。なお、その批判の類型について、張栄順が ABC という三つの種類に分けた。具体的に見れば、A は「男装する女」、「男女同権を主張し、吉原妓楼に遊興」するという男性と同等の権利を得ようとする女性に対する批判。B は社会の善良なる風俗習慣を破壊するものと看做されているので、外見上の「ハイカラ」的な女性に対する非難。C は風俗紊乱の元凶であると看做されている活動写真館の不良女学生、待合に出入りする素人婦人、淫売婦たちに代表されている「新しい女」に対する批判である①。

以上の批判からみれば、当時の社会において幅広い女性たちがその批判対象となった「新しい女」に該当したといえよう。または、1913 年に雑誌『太陽』に発表されていた当時の文章②から、「俳優」、「看護婦や女教員」などに代表されているインテリ女性層だけではなく、「女髪結とか、女行商人とか、あるいは宿屋、料理屋さては青楼の女将」のような下層部に属する女性も「新しい女」と看做されていた社会通念が窺えるように、「新しい女」は当時においてすでに一種の流行現象となっていたことは間違いないだろう。らいてうは「とにかく、この大正 2 年(1913 年)という年ほど新聞雑誌の上に「新しい女」の文字の見られた年はありません」と記していることからも、「新しい女」という語が流行語として定着しすでに流行のピークを迎えていたこと

① 張栄順『谷崎潤一郎と大正期の大衆文化表象 : 女性・浅草・異国』(前掲、46－48)を参照。

② 桑木厳翼「新しい女に対する批判」(『太陽』、1913 年 6 月号)

がわかる[①]。

その一方で、坪内の講演と同じ年、つまり 1910 年、谷崎は処女作「刺青」を発表した。主人公清吉は、深川佐賀町の大川端に臨む二階にある自らの仕事場で、「奇警な構図と妖艶な線」に腕をふるう刺青師である。人々の肌を針で突き刺す時、「其の呻きごえが激しければ激しい程」「不思議にいい難き愉快を感じる」清吉は、美女の体に「己の魂を彫り込みたい」という宿願を持っていたが、満足する女を見つけられずに過ごしていた。捜し続けた四年目の夏の夕べ、彼は「深川の料理屋平清の前を通りかかった」時、理想の娘を発見した。その翌年、その娘は「清吉が馴染の辰巳の芸妓（はおり）から寄こされた使の者」として、清吉に女羽織に絵模様を描いてくださるようと彼に願った。

ここまで来て、一つ注目に値するのは、「刺青」の舞台設定江戸は、深川という狭い範囲に限定されているということである。それについて、石崎公子が次のような興味深い解釈をした。

> 深川は、「刺青」にも「辰巳の芸妓（はおり）」とあるように、男名前をもち羽織という男装によって「はおり」と呼ばれた辰巳芸者で有名な土地柄であった。ここが舞台として選ばれたのは、辰巳芸者の存在のゆえんであろう。吉原のように廓の中に拘束され、品よく形式美におさまった遊女とは異なり、彼女たちは行動の自由と開放性を持っていた。その男装風俗は、意気地や達引きといった、利害を度外視した気性の激しさ、荒さを生むにいたったと言われる[②]。

---

① 牟田和恵、慎芝苑「近代のセクシュアリティの創造と「新しい女」—比較分析の試み」（前掲、92 頁）を参照。

② 石崎公子「谷崎潤一郎と〈江戸〉：『刺青』試論」（『東京家政学院大学紀要』34、88 頁、1997 年）を参照。

当時男のものだった羽織を身に付けることや、男っぽい喋り方などに特徴づけられた辰巳芸者という造形は、後の 1912 年の「五色の酒」、「吉原登楼」事件の中で、青鞜社の社員尾竹紅吉に代表される男装する「新しい女」を思い出さずにはいられない。

それまでの男尊女卑思想を否定し、男女同権を主張することを目的としていた青鞜社の「新しい女」のこうした言動が、辰巳芸者たちの風俗と似通っている点から見れば、「刺青」の女性像が辰巳芸者の妹分である設定の意味は大きい。その付与された文化的コードは、いかにも先見性と象徴性に富んでいると思われる。

続いて、「刺青」の後半部を見てみよう。清吉はその娘に巻物を二本見せた。一つは典型的な亡国の悪女「末喜」を描いたものである。娘はそれを見て、そこに隠れたる真の『己』を見出した。つまり、この絵を契機に、娘の心の中に潜んでいる本性が目覚めたのである。清吉は娘に自分の内在する魅力を確信させるために、更に「肥料」というもう一本の書幅を広げた。この絵を見てから、娘は「親方、白状します。私はお前さんのお察し通り、其の絵の女のやうな性分を持って居ますのさ」と認めた。ここで注意すべきことは、絵によって、娘の自我が再び目覚めたことである。やがて、清吉は昏睡中の娘の背に「女郎蜘蛛」の刺青を施しはじめた。「己の魂を打ち込んだ」ため、清吉の心は「空虚」になるのに対し、娘は「今迄のやうな臆病な心を、さらりと捨ててしまひました。——お前さんは真先に私の肥料になったんだね」と言って蘇ったのである。

ここまで見てきたとおり、二本の巻物と施された「刺青」によって、娘が覚醒し、同時に、男はサディズムから離れていって、自分の理想の娘に拝跪するようになった。この男女逆転の物語が提示しているモチーフは、平塚らいてうの唱えた女性の覚醒と従来の男女関係を転覆しようとする主張と通底していると言わざるを得ない。谷崎が「刺青」を発表した1910年当時、「新しい女」はただひとつの観念として文壇内で取り上げられていた。ひとつの流行現象として社会に登場したのは1911年に『青鞜』が創刊されて以後のことである。ならば、「刺青」の中で作り上げた女性像は後の「新しい女」現象を先取りしていたものだといえよう。

二、「痴人の愛」と「モダン・ガール」

「痴人の愛」という作品のヒロインナオミが、「モダン・ガール」であったとする見解は、すでに多くの論者が指摘しており[①]、現在定説化しているといえよう。槌田満文がさらに一歩

---

① 代表的な論考をここで挙げておく。1. 伊藤整「この作品の女主人公が、(中略)震災前後から、日本の実社会に数多く現はれて来た。これらは当時、モダン・ガールとか新しい女とか言はれた。」(現代日本文学全集18『谷崎潤一郎集』解説、筑摩書房、1954年)2. 関良一「譲治が永遠の女性として拝跪するナオミが、実は当代の新風俗である軽薄なモダン・ガールに過ぎないのは、この作品にとってプラスではないと思われるが、それも今日からみれば、それなりに皮肉な文明批評になっている。」(吉田精一編『日本文学鑑賞辞典・近代編』、東京堂出版社、1960年)3. 荒正人「『痴人の愛』は、(中略)、具体的には、関東大震災前後から出没し始めた「モダン・ガール」の文学化だといえる」(荒正人編著『谷崎潤一郎研究』総論、八木書店、1972年)4. 野村尚吾「この作品は女主人公ナオミの奔放な生活ぶりといい、封建性を打破した性生活の開放ぶりといい、まったく新しい時代の生き方を明示していたし、(中略)当時流行しだしたモダン・ガールといった概念を、身を持って具象化している」(『伝記谷崎潤一郎』、六興出版、1972年)5. 鈴木貞美「ナオミのふるまいは先端的であり、明らかにモダン・ガールのそれである」(『モダン都市の表現—自己・幻想・女性』)

進んで、「痴人の愛」の成立時期と「モダン・ガール」の流行した時期を考察した上で、ナオミが現実のモダン・ガールの出現より先に、小説の中で「モダン・ガール」の原型として造形されていたと指摘した①。この見解は改めて谷崎作品の先駆性を浮き彫りにした。こうした先行研究を踏まえて、谷崎がいかにナオミという「モダン・ガール」の原型を作り上げたのかについて考察したいと思う。

まず、槌田満文の先行研究に依拠しながら、日本における「モダン・ガール」の流行時期と「痴人の愛」の成立時期を確認しておこう。

日本における「モダン・ガール」という言葉の名付け親は北沢秀一という東京朝日新聞社会部の記者である。その最初の用例は、1923年6月の『改造』に掲載された彼の著書『近代女性の表現』に関する広告に見える②。その時点では、「痴人の愛」の連載はまだ始まっていなかった③。翌年の 8 月、北沢は「モダン・ガール」④というエッセイを雑誌『女性』で発表し、海外における「モダン・ガール」の状況と傾向を紹介し始めた。しかし、「モダン・ガール」の言葉の普及に大きく寄与したのは、北沢ではなく、新居格（1888－1951）であったという。新居は1925年4月「モダン・ガール」の登場した小説「明暗」を発表

---

① 槌田満文「谷崎文学とモダン・ガール」（『武蔵野女子大学紀要』24、1989年）。

② 原文：モダン・ガールの出現は近代の驚異であった。彼女は春の来る毎に咲く花ではなくて、何十年に一度咲くうどんげの様に、時代毎に現はれる新しい女ではなくて、何千年目かに現はれた新しい魂の所有者である。（『改造』、1923年6月）

③「痴人の愛」は前半は1924年3月20日から6月14日まで『大阪朝日新聞』に連載され、後半は『女性』の同年10月号から翌年の7月号まで連載されており、1925年7月に改造社によって単行本化された。

④ 北沢秀一「モダン・ガール」（『女性』、1924年8月、229頁）

し、反響を及ぼした。それに続き、彼は「近代女性の社会的考察」という文章のなかで、次のように論じている。

> カフェーはこの国では近代的所産ではあらうが、さりとてそれ丈の一点でカフェー女がモダン・ガールの位列に入れられる根拠は頗る乏しい。カフェー女のあまりに少なからざる部分はモダン・ガールとしては、あまりに資格に乏しい多くがいはしまいか。(中略)と云ふのは西洋服を着て西洋風のお化粧をし、西洋趣味を生活化し時々西洋語を話したところでそれは私の所謂モダン・ガールの本質と何のかかわりがあらう。モダン・ガールの多くが洋風だと云ふことは、洋風だからモダン・ガールだと云へるとはいかないのは、あまりに明白な論理ではないか。モダン・ガールは心の傾向乃至属性が標準であるから、形式や外貌で速断は出来ないことは注意すべき重要点と思ふ[①]。

「痴人の愛」の刊行後に発表されたこの評論は新居の「モダン・ガール」論と見なしても差支えはなかろう。こうしたナオミに代表される外見の西洋化ではなく、「心の傾向」の近代化を強調する論調は、1910年代の青鞜社の「新しい女」たちの唱えた主張と合致しているところが多い。ここまで来ると、新居の考えている「モダン・ガール」像は、欧米の「モダン・ガール」像であり、谷崎のナオミ像とはまったく別物であるといえよう。

1923年9月1日、谷崎は避暑中の箱根で関東大震災に遭遇した。大震災が襲った瞬間、「私は、かの大震災の折、自分が助かったと思った刹那横浜にある妻子の安否を気遣ったけれども、殆ど同じ瞬間に「しめた、これで東京がよくなるぞ」と云

---

① 新居格「近代女性の社会的考察」(『太陽』、1925年9月)

ふ歓喜が湧いて来る」[①]と、谷崎は自分の随筆「東京をおもふ」の中で回想している。彼はサンフランシスコが1906年の震災から10年後に美しい町に生まれ変わったように、東京も10年後には立派に復興することを夢見たのであった。

> 井然たる街路と、ピカピカした新装の鋪道と、自動車の洪水と、幾何学的な美観を以て層々累累とそそりたつブロックと、その間を縫ふ高架線、地下線、路面の電車と、一大不夜城の賑はひと、巴里や紐育にあるやうな娯楽機関と。そして、その時こそは東京の市民は純欧米風の生活をするやうになり、男も女も、若いたちは皆洋服を着るのである。それは必然の勢ひであって、欲すると否とに拘はらずさうなる。（中略）私は、これから生れて来る者の幸福を思ひ、今年七八歳になる少女の十年先を考へては、期待に胸が躍るのであった。もう彼女たちは畳の上に坐ったり、帯で胴体を締め付けたり、重い平べったい木の穿き物を引き摺るやうなことはないであらう。そして彼女たちの肉体が健やかな発育を遂げた頃には、家庭に、街頭に、競技場に、海水浴場に、温泉地に、旧時代の日本が夢想だもしなかった女性美が見られるであらう。それは殆ど人種が違ってしまったやうな変化であり、姿も、皮膚の色も、眼の色も、西洋人臭いものになり、彼女たちの話す日本語さへが欧洲語のひゞきを持つでもあらう[②]。

谷崎は、こうして期待に胸躍らせて震災後の東京を想像し、箱根から東京へ行き、そこで千代夫人、長女鮎子、千代夫人の妹せい子と会って、再び船で神戸に向かい、京都、神戸を転々としたが、年末に兵庫県に定住した。実は、震災が起こるまでの谷崎は、徹底的な西洋心酔の生活を送っていた。彼

① 谷崎潤一郎「東京をおもふ」（前掲、21巻、12－13頁）
②谷崎潤一郎「東京をおもふ」（前掲、21巻、13－15頁）

は派手な洋服を着、一日中靴を脱がないのを誇るようになった。近所には西洋人が数多く住み、せい子が西洋人からダンスを習ったのがきっかけで谷崎もロシア人について教わるようになり、まもなくダンスに熱中するようになった。震災2年後の1925年3月28日付け中根駒十郎宛書簡で、谷崎は「痴人の愛」が完成すれば、すぐにも洋行する意思を明らかにしている①。つまり、「痴人の愛」を書く頃の彼は依然として熱烈な西洋崇拝者であった。

しかし、この作品を、谷崎は関西移住後に書き始めたにもかかわらず、東京・横浜を舞台にしているのはなぜだろう。谷崎は初めて関西に住んだ時、関西にかなり反感を抱いていたようである。移住2年後に書いた「阪神見聞録」のなかで、冒頭の「大阪の人は電車の中で、平気に子供に小便をさせる人種である」に始まり、それに続き、大阪人の「電車の中で見知らぬ人の新聞を借りて読む」という不作法や、「東京に比べて、市民全体の公徳心が薄い」等を露に批判しつつ、最後は上方の「人間の方はどうも喰ひ物ほど上等ではないやうである」と結論を下した。つまり、西洋かぶれの谷崎にとって、西洋風の作品世界を築き上げるには、関西より近代化が進んでいたと思われた東京・横浜に設定しなければならなかった。

ここまで来ると、「痴人の愛」は震災後、谷崎の西洋の物質文明および西洋女性の肉体に対する憧憬を背景にした作品で

---

① 細江光『谷崎潤一郎 深層のレトリック』(前掲、612頁)。なお、細江光は、谷崎の洋行願望は、「饒太郎」、「独探」辺りから始まり、昭和2年(数え年42歳)ごろまで続いていたと指摘していた。(『谷崎潤一郎 深層のレトリック』、前掲、614頁)

あることが読み取れる。言い換えれば、こうした西洋的なものへの憧憬は、執筆当時の日本において、「モダン・ガール」がまだひとつの流行現象として広がっていなかったことを逆照している。

続いて、作品の女性像の特質を見てみよう。男性主人公譲治が「西洋に行って生活をし、西洋の女を妻にし」たいというような西洋崇拝者である。彼がカフェ女給ナオミに惹かれた理由について、「奈緒美」という名前の発音であり、「まるで西洋人のやうだ」からはじまり、「顔だちなども西洋人臭く」、「体つきが一層西洋人臭い」と述べていた。そして、こうした「活動女優のメリー・ピクフォードに似た」ナオミを近代的婦人に仕立てるために、彼はナオミに英語やピアノを習わせたり、洋服を買い与えたりした。しかし、彼女は勉強が嫌いで中学一年生レベルの英文法も理解できないでいた。譲治はナオミの無知さに失望する一方、その肉体の誘惑に惹きつけられていった。ナオミは自分の肉体が男にとって抵抗しがたい誘惑であることを意識し、性的な自由奔放な女性へと変身していったと同時に、譲治は「娼婦の前に身を屈しながら、それを恥とも思はない」痴人へと変貌していったのである。

明らかなとおり、ナオミを特徴付けるのは、「消費文化であり、とりわけ官能や性的要素を強調する身体性」①であった。先にも触れたように、新居はこうした特徴づけの女性をモダン・ガールとして認めないが、皮肉なのは現実に日本に登場し

① 牟田和恵「新しい女・モガ・良妻賢母—近代日本の女性像のコンフィギュレーション」（前掲、160頁）

きたモダン・ガールの思潮はまさしくナオミのような「断髪のカフェ女給たちがリードする風潮化した流行現象として顕われていたのである。」[①]

さて、日本における「モダン・ガール」の流行期はいつからであろうか。槌田満文は、「東京銀座街風俗記録」を踏まえながら、「モダン・ガール」の流行期を1926年と推定した。

> 今和次郎の『モデルノロヂオ〔考現学〕』（春陽堂・昭和5年7月）に収められた「東京銀座街風俗記録」（大正14年5月調査）は、大正十四年（一九二五年）初夏の銀座風俗を示す貴重なデータであるが、流行語「モダン・ガール」はまだ使われていない。その付記（昭和4年7月）には「モガ即ちモダンガールなる呼称は一九二六年の夏から行はれる事になったのでして、これをしらべたのはまだその呼称のない時の事でした。最近モガと風俗様式の上で呼ばれるのは洋装の場合にはスカートの短い事が重要な要素となってをるのです。即ちその頃からスカートの短かいのが一般化したわけです」とある。モダン・ガール風俗が街頭に出現した時期は、大正十五年の夏とみてよいであろう[②]。

つまるところ、「痴人の愛」のナオミが現実の「モダン・ガール」の出現より先に、小説の中に出現したというのが事実である。谷崎が作り上げたナオミ像は、「浅薄で卑しいものに過ぎない」[③]と評価されがちであったとはいうものの、その時代の新生現象に対する鋭敏性と先見性は評価に値すると考えられる。

---

① 槌田満文「谷崎文学とモダン・ガール」（前掲、50頁）
② 槌田満文「谷崎文学とモダン・ガール」（前掲、50頁）
③ 中村光夫『谷崎潤一郎論』

第二節　女給・女優・「モダン・ガール」—「迷羊」と「痴人の愛」との関わりをめぐって—

1928 年に北新書局より出版された「迷羊」は、郁達夫の初めての中編小説である。しかし、その評判はあまり芳しくなかったといえよう。劉大傑は、この作品が何を表現しようとするか全然見て取れなくて、時代と乖離してしまったと批判していた①。韓侍桁は、語り口の拙さ、女主人公の性格の不調和などを厳しく指摘し、谷崎の「痴人の愛」の模倣品にすぎないとまで結論を下した②。また、李欧梵は、この作品の出来

① 劉大傑は次のように述べていた：六七万字的迷羊，竟着不出作者所要表现的是什么。(中略)要认识时代，捉住时代，才能显出文学家的伟大来。我在这里，要诚恳地请迷羊的作者，接受时代的思潮。(劉大傑「郁達夫与"迷羊"」、初出は 1928 年 4 月に出版した『長夜』第 2 号である。未見であるため、引用は『郁達夫論』(賀玉波編、実用書局、1936)に拠る)

② 韓侍桁は次のように述べていた：一向以第一身作主人公，从不隐讳地在述说自己生命的一段故事的这作者，现在开始使用第三身的写法了。不过，这些都是不必要的，不但不能给这作物以活力，而反倒现露出作者的写作方法的拙笨。(中略)这本书是当时日本流行小说的模仿品，它的底本是大谷崎氏的《痴人之爱》(韓侍桁「迷羊」、初出は 1933 年 3 月に出版した『創化季刊』第 1 巻第 1 期である。未見であるため、引用は『郁達夫研究資料』下(王自立、陳子善編、天津人民出版社、1982 年)に拠る)

は悪かったと言い切っている①。

上記の論者の評価が長く尾を引いているせいか、今日になっても「迷羊」を論じた先行研究は少ない②。しかし、駄作と看做されていたこの作品は、ひとつの謎が潜んでいる。それは、1927 年執筆当時、中国社会ではモダン・ガール現象がすでに流行っていたとはいうものの、郁はなぜ時代の裏をかいたかのように、その女主人公を女優というそれまで卑賤者に看做されていた者に設定したのだろう。さらに、郁達夫が「迷羊」を執筆する間に、谷崎の「痴人の愛」を読んだという言及があった③。「迷羊」の女性像の成立には「痴人の愛」が関与している可能性があるのではないかと推察できる。このような問題意識を持って、本節では「迷羊」と「痴人の愛」の女性像の共通点、相違点を検討することによって、「迷羊」の位置づけを捉え直してみたいと思う。

---

① 李欧梵は次のように述べていた：他的中篇或长篇小说如—《迷羊》《她是一个弱女子》—写得很坏。(李欧梵「『郁達夫抗戦文録』序、初出は『郁達夫抗戦文録』(1978 年、台北洪範書店)である。未見であるため、引用は『郁達夫研究資料』下に拠る)。なお、「迷羊」を論じたほかの論考として、邵洵美「迷羊」(『獅吼』第 4 号、1928 年 8 月)や賀玉波「郁達夫与迷羊」(『申報・本埠増刊・芸術界』、1928 年 6 月 11 日)が挙げられる。

② 管見の限り、「迷羊」を取り上げた近年の論文として、井上薫「郁達夫作品にみる「性(sexuality)」の言説—その「告白」という儀式」(『野草』69 号、2002 年)、呉暁東「中国現代審美主体的創生—郁達夫小説再解読」(『中国現代文学研究叢刊』、2007 年第 3 号)、曾令霞「論現代文化語境下知識分子与“戲子”身分的転換—以《迷羊》為契入口」(『天府新論』、2009 年第 6 号)が挙げられる。

③ 郁達夫は、1926 年 11 月 3 日と 4 日の日記において、「痴人の愛」について言及したことがある。原文：晚上读谷崎润一郎氏小说《痴人之爱》。(「労生日記」1926 年 11 月 3 日)、午前在床上，感觉得凉冷，醒后在被窝里看了半天《痴人之爱》。早餐后做《迷羊》。(「労生日記」1926 年 11 月 4 日)なお、「痴人の愛」の中国語訳の出版時期を考え合わせると、郁は中国語訳ではなく、原著に目を通したと考えられる。

一、「迷羊」の女主人公をなぜ劇団女優に設定したのか

まず、「迷羊」について紹介しておこう。主人公「私」王介成はA城で出会った髦児戯劇団（若い女性だけの劇団）の女優謝月英に惹かれ、片思いに苦しめられ外国人宣教師の建てた聖保羅病院に入院した。入院中謝月英が何度も見舞いに来たことによって、二人の関係は恋人同士となった。退院後二人は駆け落ちを決意し、南京や上海を転々としながら、肉欲耽溺の生活を送っていた。「私」は彼女を喜ばせるために、洋服や外国の化粧品を買ってあげたり、劇を見物しに行ったりしたが、時間が経つとともに性的能力が衰え始めるだけでなく、所持金もだんだん底を尽いて、彼女はやがてこのような生活に倦怠を感じ、「私」のもとを去ってしまう。「私」は上海で必死に彼女の行方を探したが、間もなく彼女から南京の家に帰ってくるという手紙が届いた。「私」が急いで家に帰ると、彼女はすでにA城に行ってしまった後だった。「私」は再び彼女の行方を追うが、最後に行き着いたA城で力尽き、以前にも入院したことのある聖保羅病院に送られた。作品の最後に「あとがき」が付された。それは、5、6年前A城で教師をしていた作者の「私」は、雑誌で中国人留学生の絵がパリの展覧会で入選したことを知り、そのことを友人の宣教師に教えた。すると、宣教師は、此の留学生は自分の病院の元患者であり、3、4年前に入院したことがあり、その入院中に書いた懺悔録が今なお手元にあると語った。後に、宣教師からその懺悔録をみせてもらった「私」が、興味を覚え、「迷羊」というタイトルを添えて、全文を発表したという作品の由来を説明するものである。

郁がなぜその女主人公を女優と設定したかを検討するために、まず、謝月英のような髦児戯女優とナオミに代表されるカ

フェ女給という二つの職業のジェンダーロールにおける共通性の有無から考察しよう。現代に入るまで、中国の女優は常に卑賤な存在と看做されていた。清の李漁の言葉を借りれば、「天下で最賤の人は、娼・優・隷・卒であり、女優をしているものは、娼妓だけでは足りずに優もする、これは一身を以って二賤を兼ねていることになる」①というように、娼妓と女優は最も差別される職業であるだけでなく、ほとんどの場合においては、1人で2役を兼ねることが一般的に知られていた。実は、女優が娼妓を兼ねる事実は、秦の時代まで遡ることができる②。近代に入っても、上海で活動していた髦児戯団「謝家班」や「林家班」は娼妓兼女優であったという③。

一方で、日本における女給のジェンダーロールはどうだろう。1930年に出版された草間八十雄の『女給と売笑婦』④が参考に値する資料だと思われる。この本は、警視庁、内務省、東京市などの諸行政機関に勤務した経験のあった著者が、自らの調査結果をはじめ、内務省、警視庁など民間で入手困難な官憲資料を駆使した上で書かれた詳細な実態調査である。その信憑性はかなり高いと考えられる。『女給と売笑婦』の中で、著者は売笑婦の実態によって、「職業的な売笑婦」と「臨機的売笑婦」に類別した。「職業的売笑婦」とは「売笑を欲する男に出合へば

---

① 李漁「連城璧」(『李漁全集』8巻、252頁、浙江古籍出版社、1989年)原文：天下最贱的人，是娼、优、隶、卒四种，做女旦的，为娼不足，又且为优，是以一身兼二贱了。

② 女優と娼妓の関係について、励震林「論優伶的社会性別身分」(『新余高専学報』第9巻第6号、2004年)の論考を参考した。

③ 励震林「論優伶的社会性別身分」(前掲)を参照。

④ 草間八十雄『女給と売笑婦』(『近代婦人問題名著選集続編』第9巻、日本図書センター、1982年)。

露骨に笑ひを売る類のもの」[①]である。そして、「臨機的売笑婦」とは「一定の職業をもちながら妥協から必然に奔り、斯くして笑ひを売るカフェー女給、ダンサー、女店員其他職業婦人の中で、露骨を避け相手の種によってのみ笑を鬻ぐもの」[②]である。これは「女が自由意志によって嫖客を選択する」ことから「新らしい型の売笑婦」であり、「時の流れと世態の変遷それに人の心の動きから、新らしい型の売笑婦が生まれ出て日を経る毎に其数が多くなる」[③]という。

以上から見てきたとおり、中国の女優と日本のカフェ女給はジェンダーロールにおいて、娼妓性を共有している。ただし、中国においては女優のイメージが娼妓とつながっていることは固有の認識であるのに対し、日本の女給は大正期に入ってから出現した「新しい型の売笑婦」であるという点において、両者は相違している。

「痴人の愛」では、譲治はナオミを「ハイカラ」な婦人に仕立てようとして様々な努力をしたとはいえ、結局失敗したが、彼女の肉体には引きつけられていった。それと同時にこの浅草のカフェ出身の女給はだんだん自分の内部に眠っていた娼婦性に気づく。彼女は大森の家に複数の男性たちと出入りするようになり、放埓な生活に傾く。そのときの譲治はナオミのことを「娼婦」、「ばいた」と罵倒しながら、結局「娼婦の前に身を屈しながら、それを恥じとは思はない」ようになった。一方で、「謝月英は自分は女優という人に弄ばれることを職業にする婦人で

---

① 草間八十雄『女給と売笑婦』（『近代婦人問題名著選集続編』第9巻、日本図書センター、1982年、1頁）

② 同上、315頁。

③ 同上、5頁。

あるのを忘れてしまった」、あるいは「休みのとき、私たちはまだ大都会の名優たちの放蕩と淫乱を話していた」といった表現から、女優には娼婦性が潜んでいるという郁達夫の女優観が見て取れる。両作品の女主人公のジャンダーロールにおける共通性からみれば、「迷羊」は明らかに「痴人の愛」から影響を受けたと推察できると同時に、女性主人公を女優に設定する必然性が見えてくる。

二、男女関係の逆転

譲治はナオミの複数の男性と密会した証拠を押さえて、「出て行け！」と言って彼女を家から追い出した。その後、譲治は意気消沈し、会社を辞めて故郷に帰って農家を継ごうと考えていた。そこにナオミが帰ってきた。彼女は「顔がすっかり、皮膚の色から、眼の表情から、輪郭まで」が譲治の憧れる西洋人の姿に変身し、わざと肌の一部を見せたり、「友達の接吻」をして譲治を誘惑していた。

> 私はその時分、彼女をつくづく天稟の淫婦であると感じたことがありましたが、それはどう云ふ点かと云ふと、彼女はもともと多情な性質で、多くの男に肌を見せるのを屁をも思はない女でありながら、それだけ又、平素は非常にその肌を秘密にすることを知っていて、たとひ僅かな部分をでも、決して無意味に男の眼には触れさせないやうにしていたことです。誰にでも許す肌であるものを、不断は秘し隠しに隠さうとする、——此れは私に云わせると、確かに淫婦が本能的に自己を保護する心理なのです。なぜなら淫婦の肌と云ふものは、彼女に取って何より大切な「売り物」であり、「商品」であるから、場合に依っては貞女が肌を守るよりも、一層厳重にそれ

を守らねばならない訳で、さうしなければ、「売り物」の値打ちはだんだん下落してしまひます。ナオミは実に此の間の機微を心得ていて、嘗て彼女の夫であった私の前では、尚更その肌を押し包むやうにするのでした[1]。

こうした誘惑に負けた譲治は、彼女に何でも好きなようにさせるから夫婦に戻ってくれと頼んだ。ナオミが譲治に完全に勝った鍵は意識的に「女を売る」という彼女の戦略にある。以下の会話が二人の関係の逆転をよく表している。

忽ち彼女は猛然として、円太い、大胆な表情を湛へ、どしんと私の背中の上へ跨がりながら、

「さ、此れでいいか」

と、男のやうな口調で云ひました。

「うん、それでいい」

「此れから何でも云ふことを聴くか」

「うん、聴く」

「あたしが要るだけ、いくらでもお金を出すか」

「出す」

「あたしに好きな事をさせるか、一々干渉なんかしないか」

「しない」

「あたしのことを『ナオミ』なんて呼びつけにしないで、『ナオミさん』と呼ぶか」

「呼ぶ」

---

① 谷崎潤一郎「痴人の愛」（前掲、第10巻、276頁）

「きっとか」

「きっと」[①]

これは両者の関係が根本的に逆転した場面であった。ナオミが出奔する前の譲治は、西洋家具を買い揃えたり、ナオミに洋服を買い与えていたとはいえ、ナオミとほかの男たちの噂を聞かされて、彼女に子供を産むように頼んで「昔のやうな幸福」を求めたり、「純日本式の、中流の紳士向きの家」に引っ越すと提案した。つまり、その時の譲治は経済的な主導権を握り、妻に貞節を守らせた当時の典型的な男性であった。ただし、ナオミの戦略に負けてしまった時点から、夫婦の主導権はすでにナオミのほうに移っている。譲治は男性優位のジェンダーロールを捨て、ナオミも子供を産んで家庭を守るという当時の女性のジェンダーロールから逸脱した。

前節にも触れたように、ナオミは日本の「モダン・ガール」の原型であるだけでなく、「ナオミニズム」という流行語まで生み出した。槌田満文の研究によれば、「ナオミニズム」が最初に現れたのは1925年9月に出版された『文芸春秋』であった[②]。1930年前後に出版された『モダン語漫画辞典』や『モダン用語辞典』には、「ナオミニズム」の項が設けられ、「谷崎潤一郎氏の『痴人の愛』の女主人公ナオミから出たもので、夫を虐げ、夫を酷使し」[③]、「因習的な貞操観念なき、女性の変態性欲的恋愛をいふ」[④]と解釈されていた。

---

① 谷崎潤一郎「痴人の愛」（前掲、第10巻、294－295頁）

② 槌田満文「谷崎文学とモダン・ガール」（前掲）を参照。

③ 中山由五郎『モダン語漫画辞典』（絡陽書院、1931年）

④ 喜多壮一郎監修鞠町幸二編（『モダン用語辞典』、1930年）

上から見られるとおり、因習的な家族制度や貞操観念に抗するところにおいて、「モダン・ガール」たちは平塚らいてうをはじめとした青鞜社の「新しい女」たちの主張と重なっているようにみえる。しかし、両者は本質的に違っている。「新しい女」は家父長制度の廃除や女性参政権の獲得を唱えて男女平等を獲得しようとしたのに対し、「モダン・ガール」は身体性を以て男女平等、しいては男女逆転を実現したのであった。

つづいて「迷羊」の男女関係を見てみよう。まず、謝月英は須生（髭をつけている男性役者）を演じる髦児戯劇団団員である。彼女はナオミと同じく、周りの人の注目をひきつけることを無上の喜びと感じ、「ほかの人から図図しく注目されればされるほど、彼女はますます媚を売ったり、色目を使ったり、モーションをかけたりして、自らをより一層満足させようとした」①。一方で、「迷羊」の男主人公王介成の性格と振る舞いはあまりにも女性的に描かれている。彼は病弱であり、二度も入院したことがあった。彼の涙もろさは彼女と付き合っていた段階から顕われ、彼女が立ち去った後、彼の涙が止むことはなかった。ここまで来ると、「迷羊」における男女関係は「痴人の愛」のような途中から逆転されるようになるのではなく、むしろ最初から逆転している形を呈していた。

このように対照的に造型された男女主人公像に表象されている女性スターと知識分子の権力の逆転は当時の現実を浮き彫りにしたものである。林存秀によれば、当時の知識分子は昔の文士たちのように、国家政権に参与する立場を失いつつ、売文

---

① 郁達夫「迷羊」（『郁達夫文集』第 2 巻、72 頁）原文：旁人愈是厚颜无耻地对她注视，她愈要装出那一种媚笑斜视和挑拨的举动来，增进她的得意。

業で生計を立てざるを得ない境地に置かれていたのに対し、スターたちの権力は急上昇しいた①という興味深い指摘がある。実は、「迷羊」を執筆していた当時、郁達夫は経済的な困窮に迫られ、売文せざるをえなかったことがこれを裏書きしている②。

女性スター権力の上昇は坤班の登場に遡れる。20 世紀末に入って、京劇の女班即ち坤班という新たな社会層が出現し、それまで京劇における男性役者の独占局面を打破した。江南地域では坤班を俗に髦児戯と言う。髦児戯の名前の由来に関しては見解が分かれているが、女優が男性を演じるという点に於いては定説化しているといえよう③。女性が公の場に顔を出すのをタブーとされていた中国では、髦児戯の女優たちは初めて此の旧慣を破って、男と同じく堂々と大衆社会に登場した女性たちである。1910 年代に入って、女子新劇が新興し、もとの髦児戯の女優たちも次々とそれに転業した。④ 林存秀の研究によれば、1915 年から 1916 年にかけての 2 年間は女子新劇発展の最

---

① 林存秀「風雨総被雨打風吹去：民初上海女子新劇尋蹤」(姜進　等『娯悦大衆—民国上海女性文化解読』、上海辞書出版社、36 頁)参照

② 1926 年 12 月 13 日: 我的钱, 已经花完了, 今天午前, 就在此地做它半天小说, 去卖钱去吧! 1927 年 1 月 10 日 : 为维持生活计,今年又必须翻译一些东西。1927 年 1 月 22 日 : 冒冷风出去,十一点前后,去高昌庙向胡春藻借了一笔款。这几日来，为她而花的钱，实在不少，今日袋里一个钱也没有，真觉得穷极了。匆匆说了几句话，就和厂长的胡君别去。(『郁達夫文集』第 2 巻、前掲)

③ 髦児戯について、陳永祥「从"男女合演"的論争看清末民初上海社会観念的変遷」(『広東社会科学』6 期、2005 年)に詳しい。

④ 林存秀「風雨総被雨打風吹去：民初上海女子新劇尋蹤」(前掲、31、41 頁、2010 年)を参照。

盛期である[①]。この背景には、女子学生や女性工場従業者の増加によって、女性の観客が大量に出現したことがある。より大きな背景としては、上海における都市消費社会の形成であり、都市部には娯楽施設が相次いで誕生したことである。これに対し、日本の消費大衆化形成の端緒は明治末期ごろからのカフェの大衆化に始まっている。

「新しい女」は書物や新聞などのメディアを通じて、読む/読まれる存在であったが、「モダン・ガール」は映画や雑誌を通じて、見る/見られる存在であった[②]という判定からみれば、日本の女給にしろ、中国の女優にしろ、どちらも「見られる」ことによって都市空間に進出する女性である。そして前述したように、日本の女給は日本の「モダン・ガール」の原型であることから見れば、中国の女優は1920年代後半から30年代にかけて登場した「モダン・ガール」の原型ともいえよう。

ここから見てきたとおり、郁達夫はナオミから娼婦性だけでなく、その「モダン・ガール」性も見出したのである。彼はおそらく当時中国の現実を意識して、当てはまる職業として主人公を女優にする道を辿ってきたのであろう。

以上に挙げた共通点だけでなく、両作品はともに告白体という体裁をとっている。郁達夫のほかの作品、たとえば「沈淪」や「過去」の中にも告白という手法をとられていた。柄谷行人によれば、キリスト教における「主人」たることを放棄することによって、「主人」（主体）を獲得するという「主体」確立の

---

①林存秀「風雨総被雨打風吹去：民初上海女子新劇尋蹤」（前掲、31、41頁、2010年）を参照。

② 高嶋航「1920年代の中国における女性の断髪—議論・ファッション・革命」（『中国社会主義文化の研究』、30頁、京都大学人文科学研究所、2010年）

転倒と同じく、キリスト教を媒介にしている日本近代文学における「主体」の成立も、作家が告白を始める前に、すでに告白という制度が存在していた。言い換えれば、内面を作り出すような転倒が存在していたという[1]。この観点からいえば、こうした告白体によって、郁達夫作品における「主体」が成立したのではなかろうか。

三、結論

以上のように、「痴人の愛」と「迷羊」における女性像を比較した結果、郁達夫における谷崎からの影響は明らかである。両作品の女性像は日中両国の「モダン・ガール」の原型といえよう。日本の「モダン・ガール」にせよ、中国の「モダン・ガール」にせよ、身体性を以て都市空間に進出し、しいて男女の逆転を実現するという特徴のほかに、大衆文化との密接な連結も明らかに見て取れる。また、両作品を分析することによって、中日両国の女性がいかに都市空間に進出するのかを浮き彫りにすることができる。同時代の大衆文化を鋭敏に表象している点から、「迷羊」は看過できない作品であろう。

第三節　章克標作品の恋愛観における谷崎潤一郎受容

「海派」文学を議論する際にし、谷崎作品の主要な訳者であ

---

① 柄谷行人『日本近代文学の起源』(講談社、87－101 頁、1980 年)を参照。

る章克標は常に「唯美頽廃派文人」の肩書きを冠せられ、その作品の主題を「肉欲主義」、「享楽主義」と定説化される傾向が見られる[①]。しかし、その作品を詳細に分析していくと、その恋愛観は決して手放しの肉欲主義ではないことがわかる。さらに、それを谷崎の恋愛観と比較すれば、通底するものが見て取れる。そこで、本節では、同時期日中文学における恋愛観の有り様を手がかりにして、章克標作品の特徴を際立たせ、また谷崎の恋愛観と類似したものを析出することに留意したいと思う。

一、中国における「恋愛」観の受容と変容

そもそも、日本にとっても、中国にとっても、「恋愛」は西洋由来の概念である。ただし、日本における「恋愛」という言葉がいつ定着するかについては、「明治以後に普及した」[②]というものと「大正期になって定着する」[③]という二つの意見に分かれる。一方、中国の場合は、19世紀半ばごろに西洋の恋愛慣習はすでに中国に紹介されていたとは言うものの、大衆文化で

---

① 許道明『海派文学論』(複旦大学出版社、165－176頁、1999年)、解志熙『美的偏至：中国現代唯美頽廃主義思潮研究』(上海文芸出版社、232－234頁、1997年)を参照。

②"love"の翻訳語として、「恋愛」という言葉は明治以後に普及したという主張を唱えた代表的先行研究として、佐伯順子『「色」と「愛」の比較文化史』(岩波書店、1998年)が挙げられる。

③ 新思想の普及や定着には時間がかかるので、「恋愛」という言葉が明瞭なかたちで表れてくるのは、大正期であると唱えたのは、菅野聡美『消費される恋愛論　大正知識人と性』(青弓社、2001年)である。

の「恋愛」受容はやはり1920年代以降のことであったという[①]。しかも、中国における「恋愛」受容理論的根拠は、直接西洋から伝わったものであるが、ほとんどは、イプセンや与謝野晶子、厨川白村、本間久雄などに求められる。しかし、当時の訳者たちは、外国の著作をすべて忠実に訳したわけではない。むしろ、中国の実情に合わせて、意図的に誤訳したことがしばしば認められる。

まずはイプセン『人形の家』の中国での翻訳受容状況から見てみよう[②]。『人形の家』は1918年に胡適と羅家倫によって『娜拉』という題で翻訳され、『新青年』に発表された。当時まだ根強く残っていた親が結婚を取り決めるという封建的風習と19世紀末ごろ西洋から伝わってきた自由恋愛の思想の共存が翻訳された背景にある。こうした背景の下で、胡適は作品における「愛情と自我の対立という問題の本質を避け、ヘルメルを中国旧式家庭の「封建的」夫に見立てることで、『人形の家』を封建と革新との対立や闘争を描いた作品に仕上げたのであった」[③]。ところが、こうした訳者の意識的な誤解によって、本来恋愛と相関性をもたないこの作品は、「家の束縛からの解放を唱える作品と見なされ」[④]、「家」との対立は「恋愛を求める表徴とされ

---

① 張競は、「一九二〇年代に入ってから恋愛は最新の「思想」としてだけではなく、文化エリートたちによって受容された知識を、大衆的な雑誌を通して、中高生や家庭の主婦たちに広めるためのものとなった」（『近代中国と「恋愛」の発見』、215頁、岩波書店、1995年）という見解を提示している。本研究が、張競のこうした見解に依拠しながら展開されていることを付記しておく。

② ここでは、張競『近代中国と「恋愛」の発見』（前掲、166－211頁）を参照。

③ 張競『近代中国と「恋愛」の発見』（前掲、174頁）

④ 同上、178頁。

た」①。

この『人形の家』訳が当時の中国人作家に与えた衝撃は大きかった。1920 年代初頭において、旧式の「家」と個人との葛藤を取り上げた作品が数多く創作された。これらの恋愛小説の共通した特徴は、男女主人公たちの恋愛がほとんど破綻してしまうという結末に至ることである。このような結末は、「一つは恋愛が破れることを通して恋に崇高性が賦与されることであり、もう一つは恋愛を結婚と分離した次元で意味付けることである」②。

ここで、興味深いことに、当時日本において大流行したのは、1921 年 9 月 18 日から 10 月 3 日まで、『朝日新聞』に連載された厨川白村が『近代の恋愛観』の中で提唱していた恋愛結婚論である。つまり、先述した 1920 年代初めの中国で流行っていた恋愛と結婚が対立しているという構図は、大正期の恋愛結婚論に当てはまらず、むしろ明治期の北村透谷の主張と似通っていることが多いといえよう。

北村透谷は 1892 年に「厭世詩家と女性」を発表し、その中に自分なりの恋愛論を展開した。その中で、「恋愛は人世の秘鑰なり、恋愛ありて後人世あり、恋愛を抽き去りたらむには人生何の色味かあらむ」③という恋愛至上論の表明が見受けられる一方で、恋愛と結婚との断絶という主張も色濃く読み取れる。

婚姻が彼等をして一層社界を嫌厭せしめ、一層義務に背かしめ、

---

① 同上。

② 張競『近代中国と「恋愛」の発見』（前掲、189 頁）

③ 北村透谷「厭世詩家と女性」（明治文学全集 29『北村透谷集』、64 頁、筑摩書房、1976 年）

一層不満を多からしむる者是を以てなり。かるが故に始めに過重なる希望を以て入りたる婚姻は後に比較的の失望を招かしめ、惨として夫婦相対するが如き事起るなり[①]。

恐らく恋愛礼賛者透谷は理想の恋愛を守るために、結婚を諦念し、「結婚＝恋愛の墓場論」[②]を打ち出したのであろう。こうした主張は、結婚というものが選択の余地なき義務と認識されていた当時の世相を或る程度露呈しているといえるだろう。とにかく、明治期の日本といい、1920年代初頭の中国といい、三十年ほどの時間差があるものの、恋愛と結婚を対立させる構図を通して、恋愛至上という主題を際立たせようとする文学者たちの意図は共通しているといえよう。

明治期に提起された「恋愛」という概念は、大正になって、隆盛期を迎えた。その先駆けが厨川白村の『近代の恋愛観』である。1922年『近代の恋愛観』の単行本がその年のベストセラーとなり、大正末年までの間に、「恋愛」を冠した著書が40種ほど出版され[③]、恋愛論ブームの到来を宣告した。日本で大好評を得た『近代の恋愛観』は中国でもいち早く注目された。それが発表されたわずか数ヵ月後、「近代的恋愛観」と題し、呉覚農訳により1922年2月号の『婦女雑誌』に紹介された。

『近代の恋愛観』訳が『婦女雑誌』に掲載され意味は大きい。1915年上海で創刊されたこの雑誌の1920年の第6巻までの編集主幹は王蘊章であった。1920年代上海で刊行された雑誌の発

---

① 北村透谷「厭世詩家と女性」(前掲、67頁)

② 菅野聡美『消費される恋愛論　大正知識人と性』(前掲、60頁)。

③ 大正期における「恋愛」にまつわる書物の出版状況について、菅野聡美『消費される恋愛論　大正知識人と性』(前掲、23－25頁)に詳しい。

行部数が1000部から2000部程度に対し[①]、『婦女雑誌』初期の毎号発行部数は2000部から3000部ほどにも達した[②]。1921年の第7巻から、章錫琛が主任編集者に着任することになる。彼のもとで、『婦女雑誌』はさらなる躍進を見せ、本格的に女性解放問題を扱うようになる。こうした躍進が販売数の著しい増加をもたらし、毎号の販売数は5000部以上にも達したという[③]。以上のデータから、創刊当初から、『婦女雑誌』がその時代のメジャー雑誌であり、大変な影響力を持っていたことがわかる。

ところが、原著と訳の間に、大きな誤差が存在していた。言い換えれば、普及されたのは厨川の思想ではなく、訳者の思想であった。その訳は厨川原著に忠実に訳されたわけではない。「全体的、量的には縮訳なる言葉は適切」[④]であるが、細部にわたって見渡すと、「中国の都合のいい部分だけは翻訳し、そうでないところは改竄か、あるいは思い切って削除する」[⑤]ことがなされている。たとえば、厨川が「ノラはもう古い」という主張を打ち出し、「自己犠牲の精神」を持ってそれを解釈した部分

---

① 許敏『上海通史第十巻民国文化』(上海人民出版社、178頁、1999年)。

② 初出はJacqueline Nivard "Women and the Women's Press: The Case of the Ladies' Journal (Funü Zazhi), 1915－31." *Republican China* 10, no. 1b (1984): 37－55(未見)。ここでは、何瑋「1920年代中国社会における「新婦女」－『婦女雑誌』を主なテキストとしてー」(『お茶の水女子大学女性文化研究センター年報』7巻、2004年)を参照した。

③ 周敍琪『一九一〇－一九二〇年代都會新婦女生活風貌：以《婦女雜誌》為分析實例』(台湾大学出版委員会、45頁、1996年)

④ 工藤貴正『中国語圏における厨川白村現象—隆盛・衰退・回帰と継続—』(前掲、89頁)。なお、中国における『近代の恋愛観』の翻訳状況について、この本の第三章「『近代の恋愛観』の受容を巡る翻訳者三人の差異」と張競『近代中国と「恋愛」の発見』の第六章「大衆文化での「恋愛」受容」に詳しい。

⑤ 張競『近代中国と「恋愛」の発見』(前掲、228－229頁)

について、訳者は、「ノラの結婚は非人間的とされ、彼女は旧式の制度を打ち破り、ほんとうの人生を求めるために家を出た」[①]と、厨川の論旨と正反対のように改竄した。

厨川は、自我にめざめた近代人の個人主義思想と恋愛との関係を捉えた際にし、「ノラはもう古い」と主張した。つまり、ノラの家出に代表された「個人主義思想」というのは、究極的には「飽くまでも強く自己を主張し肯定して、おのれの欲求の儘に自由に動かうとする思想」[②]であり、「対者のために身をも心をも捧ぐる自己犠牲の精神」[③]が欠けるため、結果として、恋愛の破滅と家庭崩壊に至ったのだと解釈したのである。厨川はさらに一歩進んで、このような悲劇を防ぐために、「現代の最も進んだ考へ方」という独自の解決策を述べた。それは、「『自己放棄に於ける自己主張』self - assertion in self - surrender だと見られている。おのれの愛する者のためにおのれの全部を捧げることは、つまり最も強く自己を主張し肯定している」[④]のである。

ここまで来ると、厨川が北村透谷と共通しているのは「恋愛至上」への礼賛であるが、両者の根本的な違いは、厨川は、恋愛が結婚に必要であると同時に、結婚生活を持続させることも大事であり、それを達成させるために、「自己犠牲」式の恋愛が不可欠だと強調したことである。つまり、厨川にとって、結婚と恋愛は断絶の関係ではなく、一対をなす存在である。

一方で、呉覚農は厨川の「自己犠牲」式恋愛論に賛成しない

---

①張競『近代中国と「恋愛」の発見』(前掲、228頁)

② 厨川白村「近代の恋愛観」(『厨川白村全集』第5巻、27頁、改造社、1929年)

③ 厨川白村「近代の恋愛観」(『厨川白村全集』第5巻、27頁、改造社、1929年)

④ 同上、34頁。

ように見てとれる。旧式の制度を打ち破るために、家出、つまり結婚生活を犠牲にしなければならないという彼なりの改竄が、やはり『人形の家』訳からもたらしてきた恋愛と結婚を対立させる構図の延長線上のものである。

呉覚農訳に続き、後に任白濤も２種の訳本を出版した。呉と同じく、任が訳したどのバージョンも厨川の「自己犠牲」の精神が削除された。1928年になって、やっと夏丏尊によって原作に忠実な訳がなされた。ここまでくると、厨川恋愛論受容の特徴は、彼の「霊肉一致の恋愛観」は受け入れられたが、「自己犠牲の精神」は受け入れられなかったといえよう。これは、厨川恋愛論を当時の婦女解放運動につなげようとする訳者の意図が存在したからであると考えられる。

二、章克標作品における恋愛観

まず、日本に留学中に発表した「結婚的当夜」という作品に基づいて、章克標の恋愛観を考察してみよう。1925年に書き上げたこの作品は、当時ほかの中国人作家の作品とは異なった要素を示している。この短編は三人称で書かれたものである。子供の時に結婚相手がすでに親に取り決められた主人公の「彼」は大学在学中の学生で、ある日、家からすぐ帰郷して結婚式をあげるようにとの催促の手紙を受け取り、夏休みに自宅に帰った。そして、結婚式の当夜、男主人公は初対面の結婚相手の美貌に引かれて、肉体の誘惑を感じていた。その誘惑と性的モラルとの葛藤についての告白は、この物語の主眼である。男主人公は、「性的行為は世の中で最も自然な営みであり、何の罪も含まれていない」[①]という愛欲を肯定的に捉えていた立場に立ちながらも、最終的には肉欲を克服した。肉欲の誘惑に打ち勝つことができたのは、「肉からの結婚は売淫と同じことではないか。これは私の人格にとって、何の損害もないとは言えるのか」[②]という彼の恋愛論であった。

こうした恋愛論は、興味深いことに、多くの点で厨川の恋愛論を踏襲している。

> 人間が最初その動物時代に於て異性との結合を求めたのは、明らかに性欲満足と生殖欲望とのために相違なかった。しかし進化と共にやがてその欲望は浄化せられ純化せられ詩化せられて、そこに恋愛といふ至上至高の精神現象を生ずるに至ったのだ。ここに至って既に最初の所謂「劣情」や欲望は、全然無意識心理の底に沈んで了ふ[③]。

という厨川の考えと同じく、章克標は、明治知識人の性欲否定論とは一線を画し、性欲を肯定する立場をとっている。ただし、それは恋愛に基づかなければならないという条件が付随している。こうした主張は1930年『金屋月刊』第5期に掲載された「書けない小説」(「做不成的小説」)にも読み取れる。作品の

---

① 拙訳。原文：性的行为，是天地间最自然的行为，这是没有什么罪恶感的。

② 拙訳。原文：由肉而结合的结婚，与淫卖有什么两样！？这对于我人格方面，能说无妨吗？

③ 厨川白村「近代の恋愛観」(前掲、22頁)

梗概は、「私」が谷崎潤一郎の作品に触発され[①]、「蜃気楼」というテーマの小説を書こうと思い立ち、創作の素材を探すために、「老上海」（上海通）と呼ばれている友達に連れられ、二晩かけて遊郭を「探検」する物語である。暖簾が捲られ、二人の女が入ってきた。うなだれて戸口に立っていた。まさに屠殺場に運ばれた子羊のようである。あるいは、まな板に置かれて、人間に切り刻まれる塩漬けの肉のようである 。さらに、路地の裏にあるもう一軒屋へやってきて、ドアを開けると、日本風の部屋で三人の半裸の女に出会った。数分間沈黙して、われわれは逃げ去った。というのは、私が見たのは幽閉されている罪者であり、地獄の一場面であり、驚異の場面だからである。その後、私は詳しいことを老上海に聞いてみると、それらの場所は、いわゆる国際市場であり、ここを行き来する船剰や水兵たちの肉欲を満足させるために設けられたのだ 。二晩かけて、私は世間のもっとも醜悪な事実を見、社会の暗黒面に直面した。「蜃気楼」を見つけ出そうとしたら、結局人跡まれなところへ行くべきだ。人口二百万人の極東の大都市上海から蜃気楼を見つけることはありえないと感じた。こうした売春婦の肉体を軽蔑する表現は、性の商品化への批判である。つまり、彼は性の商品化を排除にしたセックスを肯定つつ、恋愛を動機としないセックスは誤った行為と看做していた。

また、「肉から」の見合い結婚を売淫生活と非難する彼の認

---

① この小説の冒頭で、この作品を書いたきっかけは、谷崎作品を翻訳したことからだと述べていた。原文：我连续翻译了几篇谷崎润一郎的作品，头脑中被他恶魔的色彩，唯美的情调充满了。

識も、厨川の論理を踏襲している。厨川は、日本の男女関係を言及する際には、

> 簡単なる見合ひ結婚からでも､後にはおのづから愛情を生ずると云ふ。如何にも御尤もだ。しかし忘れてはならない、その愛情は、最初何等の人格的精神的結合によらずして､純然たる肉体の性交から発足していると云ふ恥づ可き事実を。（中略）しかし、初夜の事を考えれば、なんの愛情もない性交を行っているのだから、夫婦の愛の生活の第一夜——その第一歩を先づ畜生道から踏み出したものを、私は名づけて強姦結婚、和姦生活、売淫結婚なりと云ふのである[①]。

と痛烈に批判していた。つまり、厨川は、結婚が恋愛によるべきであり、恋愛を結婚の第一前提として提示していた。

この作品のもっとも成功したところは、この作品の結末にある。男性主人公は結局両親の取り決めた婚約を破棄していなかったことである。なぜなら、当時の中国において、結婚式を挙げた時点で、婚姻は事実上成立していたのだ。もし婚約破棄するならば、経済的まだ自立できない女性のほうがさらに苦しい境地に迫られる。罪なき結婚相手を苦しませたくないが、自らの一生を犧牲にするわけにもいかない。ゆえに、彼は結婚相手に、婚約を破棄しないが、恋愛を試みようと提案し、承諾を得た。こうした結末がそれまでの中国小説における「家」の束縛のもとでは恋愛は到底得られないという紋切り型を救い、恋愛を家と対蹠的に位置づけるのではなく、恋愛、セックス、結婚

---

① 厨川白村「近代の恋愛観」（前掲、54 頁）

をセットとして捉えようとする点から見れば、この小説は新しい恋愛モデルを作り上げたといえよう。さらに、男女主人公は恋愛を育むために、いきなり恋人同士ではなく、「友達のように」性的な関係を排除した同居人という新しい関係を結成した点は、谷崎の「痴人の愛」を踏襲している。なお、これについては後述する。

三、谷崎作品における恋愛観

第三章で指摘したように、谷崎の恋愛観は 1931 年に書き上げた評論「恋愛および色情」のなかで端的に表している。ここではまず関連する箇所を確認しておこう。

> 正直なところ、徳川期の恋愛物はどんな天才的作品と云へども畢竟するに町人の文学であって、それだけ「調子が低い」のである。それもその筈、彼等自ら女人をおとしめ、恋愛をおとしめながら、いかにして気象高邁なる恋愛文学を作ることができようぞ。（中略）蓋し西洋文学のわれわれに及ぼした影響はいろいろあるに違ひないが、その最も大きいものゝ一つは、実に「恋愛の解放」、——もっと突っ込んで云へば「性欲の解放」——にあったと思ふ[①]。

上記から窺えるように、谷崎は「性欲の解放」を唱えたが、江戸の遊郭文化を否定する立場を取っていた。つまり、彼の提唱していたのは性の商品化を抜きにした性欲の解放である。

次は、「痴人の愛」と章克標の「結婚的当夜」の中での男女関係の共通性を検討したい。「痴人の愛」の中での男女関係につ

---

① 谷崎潤一郎「恋愛及び色情」（前掲、第 20 巻、253－254 頁）

いて、佐伯順子が次のような興味深い指摘があった[①]。

> 『痴人の愛』の男女関係にも、明治文学の描く男女関係の枠組みを踏襲する面が随所に見られる。二人の関係の出発点を検証してみよう。譲治はカフェーで働いていたナオミを自宅に引き取り、まずは同居生活を開始する。この時点で譲治がすでにナオミに対して異性としての関心を抱いていたことは否めないが、彼はあくまでもそれを背後にとどめ、ナオミと「友達のやうに」暮らそうとする。性的な関係を排除した同居人としての出発。これは、既に拙著『「色」と「愛」の比較文化史』で指摘したように、『当世書生気質』『浮雲』『金色夜叉』などの明治小説に共通する男女の馴れ初めのパターンである[②]。

「痴人の愛」のナオミと譲治は、「ベビーさん」と「パパさん」という呼称によって、「疑似的な親子」関係を結ばせたことは明らかに明治小説の幼馴初といったような性欲を排除するプラトニックな男女関係を受け継いでいる。一方で、章克標の「結婚的当夜」の男女主人公も、このパタンに当てはまる。しかし、章克標はかならずしも谷崎の「痴人の愛」を通してこの図式を得たとは言い切れない。彼の回想録によれば、日本滞在中で『当世書生気質』『浮雲』『金色夜叉』などを愛読していたことがあった。つまり、彼は直接明治文学から示唆を受けたことが考えられよう。

最後は、谷崎は恋愛と結婚との関係をいかに捉えるかを考察しようと思う。「痴人の愛」では、「譲治は惚れている女性を妻

---

① 佐伯順子「近代恋愛と谷崎潤一郎－「恋愛の解放」と夫婦愛の希求－」（『比較文学研究』82号、2003年）

② 同上、50頁。

として位置付けることを理想としている」[①]ことが示しているとおり、谷崎の恋愛を結婚に結び付けようとした恋愛観が見受けられる。こうした価値観は、後の 1929 年に書き上げた『蓼喰う蟲』にも顕著に見てとれる[②]。

四、結論

以上のように、性欲、恋愛、結婚という三大テーマが、明治期において分離して考えられていたのに対し、大正期に入ってセットとして論じられるようになった。谷崎の作品「痴人の愛」も、こうした厨川をはじめとした大正期恋愛論を踏襲したのである。一方で、民国期の恋愛小説の成立においては、『人形の家』訳や『近代の恋愛観』訳が大いに関与していた。しかし、当時の中国人訳者たちは現実状況に合わせて、大衆読者を啓発しようとする意図から、原著の論旨を改竄した。こうした訳が広く受容された結果、その時期の恋愛小説は往々にして恋愛と結婚が切り離して考えられるという明治期恋愛論延長線上のものと認めざるを得なかった。章克標の作品は、ほかの中国作家と一風変わった様子を呈している。作品に見られる彼の恋愛観には、厨川の恋愛論の特徴が明らかに見て取れる。これはおそらく 1918 年から 1926 年にかけて日本に留学していた彼は日本語の原著を通して「恋愛」観を受容した結果だと思われる。だがその一方で、プラトニック・ラブを理想化する明治の恋愛論を継承している一面もあったのである。

---

① 佐伯順子「近代恋愛と谷崎潤一郎－「恋愛の解放」と夫婦愛の希求－」（『比較文学研究』82 号、2003 年、55 页。

② この点については、佐伯順子「近代恋愛と谷崎潤一郎－「恋愛の解放」と夫婦愛の希求－」に詳しい。

第五章　谷崎作品の芸術観の受容
—施蟄存の「黄心大師」と谷崎の「春琴抄」を中心に—

1936年、陸少懿は谷崎潤一郎の「春琴抄」をはじめて中国語に訳し[①]、他の小説と共に小説集として出版するのではなく、その創作意図を表した「春琴抄後語」と「佐藤春夫氏に與へて過去半生を語る書」および「春琴抄」の翻訳のみを収録している[②]。その意図として訳者の陸少懿は、谷崎の「創作観および身を持する態度を理解するのに役に立つ」[③]と訳者あとがきで記している。

このような訳者の意図に応えるかのように、翌年施蟄存は、雑誌『宇宙風』第39号に、「小説中的対話」[④]というエッセイを発表し、そのなかで、谷崎の「春琴抄後語」は自ら「ずっと前から考えてきた自分のささやかな見解」に対して「全面的に

---

① 陸少懿『春琴抄』(文化生活出版社、1936年)

② 日本では、「蘆刈」、「吉野葛」、「盲目物語」などといった谷崎の「日本回帰」後に書かれた歴史物と一緒にひとつの組み合わせとして出版する傾向がみられる。なお、1930年代の日本における「春琴抄」の出版状況は以下の通りである。

『春琴抄』(創元社、1933年)

『春琴抄 附・蘆刈、吉野葛、盲目物語』(創元社、1934年)

『春琴抄』(内容細目：春琴抄、蘆刈)(創元社、1939年)

③ 陸少懿は「附录春琴抄后语和寄与佐藤春夫述过去半生的信二篇，而以帮助了解他的写作和做人的态度」と述べた。

④ 施蟄存「小説中的対話」(『宇宙風』第39号、109－112頁、1937年)。

賛同してくれるものである」と明言している。さらにその二ヶ月後、彼はこの「小説中的対話」で言及した創作に関する自分の考えを発展させることによって、小説「黄心大師」を書き上げた①。

本章ではまず、「黄心大師」を書くまでの施蟄存の創作歴を簡単に振り返り、これを踏まえた上で、施蟄存が谷崎の「春琴抄」から何を受け入れたのか、さらに、その受容したものを自らの作品「黄心大師」を通じていかに生かしているのかについて検討したいと思う。

一、谷崎潤一郎の「春琴抄後語」と「黄心大師」の誕生

第三章ですでに述べたように、施蟄存はクラフト・エビングやフロイトの性心理理論をはじめとした西欧の心理学や性心理理論から影響を受け、『梅雨之夕』や『将軍底頭』など四冊の短編小説集を出版し②、創作上の最盛期を迎えていた。だが、と同時に彼はある創作上の難題に直面していた。

> 私は書けば書くほど難しく感じる。現在は、一編書く毎に、少なくとも一週間の醸成期間が必要であるが、以前のようなとりあえず筆をとり一気に書き上げるというやり方を思い起こすと、どこからそのような勇気が出たのか、本当に不思議である③。

すでに小説の描写技巧に長けていた彼が、「書けば書くほど

---

① 初出は『文学雑誌』第1巻第2号(商務印書館、53－79頁、1937年)に掲載された。

② 引用は施蟄存「わが創作生活の歴程」(前掲、25頁)に拠る。

③ 同上、18頁。

難しく」感じたのは、おそらくそれまで書いてきた西洋流の心理分析小説が、文壇において高く評価されたとはいえ、普通の中国人読者にはなかなか受け入れられなかったという点にあったのではなかろうか。施蟄存自身、「我々は、中国人の文芸作品を楽しむ時の伝統習慣を無視することはできないのである。現在に至るもなお、『水滸伝』や『紅楼夢』は終始新文学の小説よりも広い読者群を持っている」①と述べている。彼は自らをも含めた新文学というものの持たざるを得なかったある種の堅苦しさをはっきり認識していたことがうかがえる。そして、その根源の所在は「文体の面」②にある、と指摘している。

つまり、施蟄存が考えていたのは、もし新文学という知識階級の文学を「『紅楼夢』や『三国志演義』を耽読している」③大衆に受け入れさせようとするならば、新文学の欧化された文体を、『水滸伝』や『紅楼夢』のような中国の伝統的な文体に変えなければならない、ということであろう。さらに、このような認識が彼の文体の転換を促し、その結果として、「黄心大師」の誕生につながったのではないか、と考えられるのである。

実は、「黄心大師」の誕生は、その２カ月ほど前に書かれた「小説中的対話」という前述したエッセイと深く関わっている。

---

① 引用は施蟄存「関与黄心大師」（『施蟄存散文』（浙江文芸出版社、271 頁、1999 年）に拠る。原文：我们不能忽略了中国人欣赏文艺作品的传统习惯，到现在《水浒传》、《红楼梦》始终比新文学小说拥有更广大的读者群。

② 引用は施蟄存「関与黄心大師」（前掲、271 頁）に拠る。原文：这是在文体方面，至少有一半关系的。

③ ここでの引用部は、施蟄存が「大衆」をどう考えていたかということが窺える。原文：同胞大众还是耽着读《红楼梦》和《三国志演义》（施蟄存「再談新文学与旧形式」、1940 年）。

さらに、このエッセイは谷崎の「春琴抄後語」に触発されて書いたものであると施蟄存は述べている。

> 近頃、陸少懿氏が訳した日本人作家谷崎潤一郎著「春琴抄後語」を読んだ。この隣国の作家が述べる、小説中の会話の問題に関する数々の意見は、ずっと前から考えてきた自分のささやかな見解に呼応する声明とするに十分である①。

つづけて、この「ずっと前から考えてきた自分のささやかな見解」が、どこから生まれたかについて、施蟄存はこう述べている。

> 新文学が興って以後、我が国の小説は、詩と散文と同様に、古い伝統から完全に離脱してしまい、西洋の伝統に養子として取られたのだ。小説の面では、西洋の形式が文学上の正統なスタイルだと認められ、すべての作家が律義に用いるようになった。（中略）会話そのものに対する、拙くかつ未熟だという印象は、次第に私の心の中で隠そうとしても隠しきれないほど重くなってきた。（中略）普段よく新小説を読む人は、きっと同感してくれるだろう。（中略）いわゆる「今日はよいお天気ですね」からはじまって、「さようなら」までずっと書き続けるようなことは、読者に大変冗長に感じさせる。それが新小説を、「本質的に薄っぺらなものだ」と感じさせたのだ②。

---

① 引用は施蟄存「小説中的対話」（前掲、109頁）に拠る。原文：近来看陆少懿先生译的日本作家谷崎润一郎著「春琴抄后语」，觉得这位东邻作家所抒述出来的对于小说中之对话问题的许多意见，颇足为一向蕴蓄着的鄙见作一个同声相应之声明。

② 施蟄存「小説中的対話」（前掲、109頁）に拠る。原文：新文学运动兴起以后，我国的小说，正如诗与散文一样可以说是与旧的传统完全脱离，而去过继给西洋的传统了。在小说一方面，西洋的形式被认为文学上的正格，而为每一个作家所勤奋地采用了。（中略）对于对话这个东西本身的笨拙和幼稚之感，却是不可掩饰地在我心中逐渐加重起来。（中略）平时多看新小说的人一定也不会得没有同感吧。（中略）真有所谓从“今天天气真好”一直写到“再会吧”的这种情形，却是使读者深感到拖沓冗长，因而对新小说有“根本是浅薄的东西”之感了。

このように施蟄存は、新文学における念入りな会話表現に対し、疑問を呈している。そして会話と地の文の関係について以下のように、谷崎の考えを援用しつつ、強い共鳴を表明した。

> 谷崎氏は、日本の有名な文体家であるゆえに、小説における会話は一つの大きな問題であると考えることができたのである。彼の最初に着目した点は、この文体という分野においてであった。彼はまず日本古典文学の名作「源氏物語」を取り上げ、こう述べる。「源氏の箒木の巻に於ける雨夜の品定めの條は、会話と地の文との区別がややこしく、何処から誰の言葉になるのだかわかりにくいのであるが、しかしああ云ふ風にした方が日本文の美しさが出る。私はそこに興味を持ち、専ら地の文と会話とのつながり工合に苦心を払った」。（中略）われわれがつい先ほど、会話と叙述の区別がつかない旧文体に対して嫌悪を表していた時に、彼は逆に、そのようであってこそ日本文の美を表現することができると述べていた。それゆえ彼自身、会話と叙述文とのつながりに苦心し、改行をしないことにし、さらに引用符の使用すらやめることにした。これはわれわれの新文学の前途にとって皮肉なことではないか。日本文は中国文にとって、少なくとも西洋文よりも近い。そうであれば、会話と地の文が交じり合っている点で、旧文体の方が新文体よりも、中国文学本来の美を巧く表現することができる、と感じる人が、我々中国の文体家の中には、いるかもし

れないではないか[①]。

以上を踏まえ、施蟄存は谷崎の見解を引用してこう結論付けている。

この時、彼は小説において会話の価値を極端に下落させてもかまわないと感じたのみならず、さらにくだくだしい描写さえ必要ないだろうと考えていた。物語体と随筆体の小説こそ、我々東洋の古き伝統ではなかっただろうか。谷崎氏のこの意見に即して言えば、我々はそれを小説文体や技法の復古論と呼ぶことができるのではないか。そうなのだ、それは否定できないと私は考える。実際のところこれは、いくらか復古めいてはいるが、復古の中から新しいものを取り出しているのである[②]。

---

① 施蟄存「小説中的対話」(前掲、110－111 頁)による。原文：谷崎氏在日本是一个著名的文体家，所以他对于小说中的对话之所以会得感到是一个大问题者，第一个着眼点便是在于文体这方面。他首先引述日本古典文学名著『源氏物語』为例证，他说：『源氏物語』的「帚木之卷」中的「雨夜月旦」之条，很难看出会话和叙述文的区别，从什么所在起为谁的话语是很难明白的。但是那样的描写可以表现出日本文的美。我在那里感到兴味，而专于叙述文和会话之联系的方法很费了苦心。(中略)在我们刚刚对于会话与叙述文区别不明的旧文体表示憎厌的时候，他却说这样可以表现出日本文的美，因而自己也苦心于会话与叙述文之联系，从分行改为不分行，甚至从用引号进步到不用引号，这不是对我们的新文学之前途开了一个大大的玩笑吗？日本文对于汉文，至少总比西洋文对于汉文为接近，那么，我们中国的文体家中间，是否也会有人感到旧文体，至于在会话与叙述文混合这一点上，比新文体更能表现出本国文字之美来呢？

② 同上、111 頁。原文：此时，他觉得不仅是对话在一篇小说中的价值可以减到极少，甚至烦赘的描写也可以是不需要的。故事体和随笔体的小说，不是我们东洋的旧传统吗？若照谷崎氏的意见说起来，我们不是可以说这是小说文体或技巧之复古论吗？是的，我以为这是不能否认的。这实在是有点近似复古，但是从复古中去取得新的。

また施蟄存は、真に迫ったフィクションの描き方についても触れている。読者がフィクションである作品を読んで本当のことだと思わせるような描き方をするためには、物語体と随筆体の小説が適切だと考える点で、谷崎に対して共感を表明した。そして、西洋の小説の書き方を読者の立場を無視したものであると批判し、「……自分の経験、思想、想像力を持っている」①ので、読者に考える余地を残すべきだと主張した。

以上から考えるに、施蟄存が目指していたのは、一般民衆にも受け入れてもらうために、「復古の中から新しいものを取り出す」という方法で作品を書くことであった。実は、こうした方法をめぐる是非が1933年に魯迅との論争の争点の一つでもあった。この論争自体は施蟄存の作品を研究する上で重要であろうが、ここでは論点を広げることはせず、ただこういう創作上の作法は当時、文壇から注目されていたことを確認しておきたい②。そして、こうした西洋文学を「本格」として尊んできた新文学作家への反発とそれまで自ら歩んできた小説作法への反省の段階を経て、施蟄存はその２カ月後に、「黄心大師」を書き上げた。

---

① 施蟄存「小説中的対話」(前掲、112頁)による。原文：他的读者也是一个如他自己一样的有经验有思索有想象力的人。

② 魯迅と施蟄存との論争関連の文章を挙げると、主に以下の通りである。

魯迅(豊之余)「感旧」(『申報・自由談』、1933年10月6日)

施蟄存「「荘子」与「文選」」(『申報・自由談』、1933年10月8日)

魯迅(豊之余)「感旧之後(上)」(『申報・自由談』、1933年10月15日)

施蟄存「推薦者的立場——「荘子」与「文選」之論争」(『大晩報・火炬』、1933年10月19日)

施蟄存「致黎烈文先生書——兼示豊之余先生」(『申報・自由談』、1933年10月20日)

魯迅(豊之余)「扑空」(『申報・自由談』、1933年10月23、24日)

魯迅「答「兼示」」(『申報・自由談』、1933年10月26日)

施蟄存「突囲」(『申報・自由談』、1933年10月31日)

施蟄存「関与突囲」(『申報・自由談』、1933年11月14日)

二、「黄心大師」と「春琴抄」

施蟄存の「黄心大師」はそれまでの作品と異なり、「純中国式の白話文」[①]によって描かれている。そして、旧白話小説的物語スタイルの使用や、会話と地の文と混じり合っている点から見れば、その文体は「東洋の古き伝統」を踏襲しているとはいえ、基本となる言葉遣いはやはり新文学一般の白話文を使っている。こうした旧文体への復帰は、新文学の読者以外の読み手を新文学を受け入れさせるために考えだされた工夫であろう。こうした手法は、谷崎の「春琴抄」にも見出すことができるのである。以下では、「春琴抄」と「黄心大師」を比較して、その文体と構造上における共通点を検討しようと思う。

「黄心大師」は、語り手「私」が過去を物語る形式を用いている。語り手「私」は、ある女性と一緒に南昌を見物する途中で、たまたまある尼庵を訪れた。そこで、土に埋められた、「比□尼黄心□願」と文字の刻まれた鐘を発見し、その鐘にまつわる逸話を聞かされる（鋳造の際に八度失敗し、九度目にやっと、黄心大師が自ら竈に飛び込むことで成功した)。この話を聞いて興味をそそられた「私」は、『瓊琯白玉蟾集』、『比丘尼伝』、『洪都雅致』といった黄心大師に関する文献を入手し、それをもとに彼女の生涯を物語る。

黄心大師の本名は馬瑙児、南宋の人で、幼いころから音楽の才能を示し、四書五経にも精通していた。16 歳で茶商季氏の後妻となったが、夫を愛してはいなかった。2 年半後に夫の季氏

① 施蟄存「関与黄心大師」(『施蟄存散文』(前掲、272 頁)による。原文：纯中国式的白话文。

が投獄され、馬瑙児は今度は南昌府知府の妾となったが、その知府にも愛情をもっていなかった。3 年後、知府は死刑になったため、馬瑙児は公娼として売られ、やがて有名な歌姫となった。さらに十年が過ぎ、恋愛上の苦悶と幻滅を感じた馬瑙児は、自らの金で落籍し、尼となり、黄心大師と名を改めた。

尼になる前後、一連の奇跡がおこった。そのうち最後の奇跡が、鐘の鋳造をめぐるものである。ある夫人が子授けを祈願して鐘の鋳造費用を提供したが、鋳造に八度も失敗した。九度目に、病気の夫人に代わって夫がやってきた。その夫は何と、黄心大師の最初の夫、季氏であった。季氏を見た黄心大師は、これまで失敗が続いた因縁を悟る。彼女は以前、季氏からの復縁の要請を断ったことがあった。ところが今は、鋳造の費用として彼の資金に頼っていたわけである。これを深く恥じた黄心大師は、製錬炉の、溶けた銅の海に身を投じた。鐘は見事に完成したという①。以上が「黄心大師」の物語である。

つづいて「春琴抄」を見てみよう。この作品は「黄心大師」の 4 年前、1933 年 6 月号の『中央公論』に発表された。この作品も「黄心大師」同様、語り手の「私」が過去を物語る形をとっている。「私」は佐助の編んだ『鵙屋春琴伝』という冊子を通して、春琴女を知るに至った。春琴女に関する資料は、この小冊子のほかに、鳴澤てるという晩年の春琴に仕えた人の証言や佐藤春夫の発言、新聞記事、谷崎のエッセイなど、さまざまなものが混ざっている。

---

①「黄心大師」の内容については、青野繁治「施蟄存「黄心大師」をめぐって」（『太田進先生退休記念中国文学論集』、中国文芸研究会、1995 年）に詳しい。

春琴はもともと環境、姿色に恵まれた女性であったが、早くに失明した。彼女のサディズムの兆しは、少女時代に丁稚の佐助と師弟ごっこをしたときからすでに現れていた。後に佐助の子供を身ごもった春琴は、佐助との結婚を断ったが、佐助と瓜二つの男の子を産む。3 年後、春琴は師匠の看板を掲げ、佐助と同居したが、夫婦のように見られるのを嫌って、師匠と弟子の区別を厳格に規定した。春琴は、佐助に常に肉体および心理的な苦痛を与えることで、自分のサディズムを満足させる。しかし佐助は、これに反抗するどころか、むしろそれを喜んで受け入れていた。

春琴はほかの弟子に対しても厳しく接した。弟子の中には「利太郎」という放蕩者や、春琴の峻烈なやり方を憎む弟子もおり、また彼女の美貌と琴の技術を嫉妬する女師匠がいた。春琴は「だれかが手を下さなければすまない状態」にあったのである。春琴は何者かに熱湯をかけられて、その美貌に恐ろしい変化が生じた。この火傷事件の後、佐助は自ら両眼を潰す。春琴は 58 歳で世を去り、佐助は 83 歳で亡くなった。

以上に見たように、二つの小説の筋立て自体は、似ているわけではない。しかし、この二つの小説には、以下に述べるように、いくつかの共通した特徴がある。

三、テクストの重層化と材料の虚構性

谷崎はこの小説の中で、テクストを重層化する技巧を用いている。テクストは二系列に分けることができる。水村美苗の指摘によれば、それは「言文一致体」（語りの文）と、「言文一致体に抑圧されてきたさまざまな日本語」（谷崎の虚構による『鵙

屋春琴伝』など）である[①]。佐助の編んだ『鵙屋春琴伝』は、春琴を「神」のような存在として造形しようとしている。たとえば春琴の「白さ」についての描写にそれはよく現れている。佐助は春琴の「白さ」を、「妖しく」、「寒気がするように」、「来迎佛」、「色が抜ける程」と描写する。野口武彦は、谷崎の描くこの「白さ」は人間的な「白さ」ではなく、一種の「彼岸的な」、かつ「人間離れのした」「白さ」であると指摘している[②]。

『鵙屋春琴伝』において作り上げられた神格化された春琴像に対し、語り手の「私」は、「これらの記事が春琴を視ること神の如くであったらしい検校から出たものとすればどれほど信をおいてよいかわからないけど」と、その信憑性に懐疑的である。他にも、「多分」、「恐らく」、「やうにみえる」、「かも知れない」といった、『伝』に対して懐疑的な「私」の留保表現が散見される。こうした異なる2種類のテクストを併用することで、作品のリアリティは増すといえるだろう。その上、「私」と同時代を生きる佐藤春夫らの言説や新聞記事を援用することによって、春琴の時代と「私」の時代の間に横たわる時空の隔たりを感じさせることで、小説のリアリティは一層際立つのである。

施蟄存の「黄心大師」は、谷崎のこうした作法を踏襲したのではないかと思われる。施蟄存はまず、谷崎が『鵙屋春琴伝』という虚構の文献を作り出した手法を利用して、『比丘尼伝』及び『洪都雅致』といった虚構の文献を、あたかも実在したかのようにみせかけて設定している。次に、「黄心大師」の語り手である「私」も、虚構された資料における「黄心大師」について

---

① 水村美苗「谷崎潤一郎の「転換期」—『春琴抄』をめぐって」（『日本近代文学』第68号、日本近代文学会、118－125頁、2003年）を参照した。

② 野口武彦『谷崎潤一郎論』第5章「「女」の存在論」（前掲、169－218頁）を参照した。

の記載に対して、「春琴抄」の語り手と同じく、常に懐疑的な態度をとる。たとえば、これらの資料では、黄心大師の身の周りに起こった非現実的な出来事がさまざまに語られている。例を挙げると、瑙娘が後に弟子入りすることになる尼寺の女住職、瑙娘（黄心大師）の出家を予言し、弟子の首座を彼女のために空けておいた、という。また、住職だった黄心大師のもとへネズミがお経を聞きに来たり、住んでいた庵に泉が自然と湧いて来たりといった奇跡が起きた、という①。これらの資料が彼女を「神秘化」し、「人間離れ」した存在にとようとするのに対し、語り手の「私」はいつも留保を重ね、「実際にはこれはでたらめな言葉であり、信じることはできない」「真疑は保証の限りではない」②と、懐疑的な態度に終始している。

「春琴抄」と「黄心大師」というタイトルはどちらも人物を中心にした作品範疇に属し、しかも「抄」である点において共通している。「抄」とは、大漢和辞典によれば、「抄者、略也、註釈之書、力省二繁文一以示二大意一、故謂二之抄一」③、つまり、何かをもとにして、それを抜粋し要約する、という意味である。この点から見ると、「黄心大師」という作品も、「黄心大師抄」と理解して差し支えはない内容である。

施蟄存は本文中で、

> 便宜上、私は各種の史料から彼女の事実を調べ出し、それらを時列順に並べた上で、当時の状況を考えぬいて導き出し、そこにほん

---

① 引用は「黄心大師」（『文学雑誌』第1巻第2号、商務印書館、74頁、1937年）に拠る。原文：灵鼠听经，法泉自涌。

② 同上、72頁、74－75頁。原文：实在是一派玄谈，教人不能相信。姑妄听之。

③ 諸橋轍次著、鎌田正、米山寅太郎修訂、『大漢和辞典』巻5（大修館書店、1984－1986年、127頁）に拠る。

の少しだけ自分の脚色をも入れたのだった[①]。

と、語り手「私」の役割を説明している。「黄心大師」のタイトルに「抄」という文字こそないものの、その叙述法は、「春琴抄」とほぼ一致しているのである。

また、「黄心大師」と「春琴抄」の「私」は、同じく『～伝』といった史料に基づいて語るにしても、「脚色」、「注釈」といった語り手の主観性が入っている。この二つの作品において「私」の叙述が造形する主人公は、さまざまな資料によって構成される人物像とは別物である。ここには作者の明確な意志が表明されている。谷崎が、作品の語り手を通じて、春琴の傲慢さやエゴイズム、意地の悪さを暴き出すことによって、春琴の「人間離れ」した神格性という衣を剥ぎとり、人間性を付与したのに対し、施蟄存も黄心大師の「神秘」的で非人間的なベールを剥がし、そこに恋愛の苦悶と幻滅を嘗めつくした一人の生きた女性を描き出した。「神」から「人」へと転換させることで、それぞれの主人公に生命力を与え、しかも作品に「ほんたうらしさ」を持たせたのである。

以上のように、両作品はともに、虚構の『～伝』が「神」的女性を作り上げる役割を担う一方で、語り手がその神性を否定し、人物に生命力を賦与する役割を担当するという、重層的な構成となっている。語り手は『～伝』を批判することによって、作品に「ほんたうらしさ」という近代小説の求める根本的な要素を持たせると同時に、『～伝』のように一人の人生を神話化し

---

① 引用は「黄心大師」（前掲、59頁）に拠る。原文：为了方便起见，我从各种史料中钩稽出她的事实，排比先后，再揣摩其情状，略略加一点自己的渲染。

て語ることに対し批判を加えるという、近代小説の本来の使命をも果たしているのである①。

四、谷崎作品の芸術観と「小説の筋」論争

ここまでくると、テクストの重層化と材料の虚構性に熱意を注いだ谷崎小説の芸術観がうかがえる。そして、こうした芸術観を構築する背景には、1927 年に芥川龍之介との間に起こった「小説の筋」論争がある。

1927 年に発表された「饒舌録」で、谷崎は自分の小説の趣味を次ぎのように書いている。

> いったい私は近頃悪い癖がついて、自分が創作するにしても他人のものを読むにしても、うそのことでないと面白くない。事実をそのまゝ材料にしたものや、さうでなくても写実的なものは、書く気にもならないし読む気にもならない。私が毎月の雑誌に現われる現代諸家のものを読もうとしないのは、そのせいも余程あると思う。ちょっと最初の五六行へ眼を通して見て、「ハハア自分のことを書いているな」と気が付くと、もうそれっきり直ぐイヤになる②。

この発言は芥川との間に交わされた「小説の筋」論争の火種となった。芥川は谷崎のいう「筋の面白さ」を「大きな蛇がいるとか、大きな麒麟がいるとか」と捉え、それは芸術的価値はないと厳しく批判した。しかし、両者の「面白さ」に関する理解は根本的に食い違っていた。谷崎の場合、この「面白さ」と

---

① 水村美苗「谷崎潤一郎の「転換期」『春琴抄』をめぐって」（前掲、122 頁）を参照した。

② 谷崎潤一郎「饒舌録」（前掲、第 20 巻、72 頁）

は、「うそ」であり、想像力の結晶としての作品の虚構性を指している。そして、谷崎は材料の面に留まるだけでなく、つぎのような補足説明もあった。

事実小説でも良いものはいいに違いないが、ただ近年の私の趣味が、素直なものよりもヒネクレタもの、無邪気なものより有邪気なもの、出来るだけ細工のかかった入り組んだものを好くようになった[①]。

つまり、谷崎は小説の技巧として「細工」も重視している。では細工とは具体的に何を意味しているのであろうか。

芥川君の説に依ると、私は何か奇抜な筋と云ふことに囚はれ過ぎる、変てこなもの、奇想天外てきなもの、大向うをアッと云はせるやうなものばかりを書きたがる。それがよくない。小説はさう云ふものではない。筋の面白さに芸術的価値はない。と、大体そんな趣旨かと思ふ。しかし私は不幸にして意見を異にするものである。筋の面白さは、云ひ換へれば物の組み立て方、構造の面白さ、建築的の美しさである。此れに芸術的価値がないとは云へない。(材料と組み立てとはまた自ら別問題だが、)勿論此ればかりが唯一の価値ではないけれども、凡そ文学に於いて構造的美観を最も多量に持ち得るものは小説であると私は信じる。筋の面白さを除外するのは、小説と云ふ形式が持つ特権を捨てゝしまふのである。さうして日本の小説に最も缺けてゐるところは、此の構成する力、いろいろ入り組ん

① 谷崎潤一郎「饒舌録」(前掲、第20巻、73頁)

だ話の筋を幾何学的に組み立てる才能、に在ると思ふ[①]。

ここまでくると、谷崎は「筋の面白さ」を「小説と云ふ形式が持つ特権」だと位置づけた。「細工」とは、「入り組んだもの」であり、「筋の面白さ」である。つまり、谷崎にとって、小説の理想なあり方は、うそ＝虚構性と細工性を比例よく演出させるものである。そして、「春琴抄」はこうした芸術論の現われである。各種の虚構したテクスト（材料）を「隙もなく無駄もない」ほど「層々曡々と積み重な」ることによって、「クライマックスの上にもクライマックスが盛り上がって行く」[②]という目的が達成したといえよう。

五、読者への眼差し

「春琴抄」の同時代評を見ると、佐助が目を潰すに至る過程の「心理が書けていない」とする批判が激しくなされたことが分かる。横光利一をはじめとする、「書くべき派」の評者からの批判に対し、谷崎は、「何故に心理を描く必要があるのか、あれで分かっているではないかと云ふ反問を呈したい」と反論した。中村ともえはこの批判について、「横光らが問題にするのは心理が隈なく了解されるかどうかではない。描いているか描いていないか、つまり描写の有無である。心理描写は読者が物語を理解するために必要なのではなく、小説の条件として要請されている」と指摘している[③]。ここには、作家中心と読者中心とい

① 谷崎潤一郎「饒舌録」（前掲、第20巻、76－77頁）。

② 同上、81頁。

③ 中村ともえ「虚構あるいは小説の生成—谷崎潤一郎『春琴抄』論」を参照した（『日本近代文学』第74号、日本近代文学会、212－225頁、2006年）。

う、二つの創作観の拮抗が見えてくるように思われる。

谷崎は1927年に書いた「饒舌録」で、小説とは何かについて、「もともと民衆に面白い話をして聞かせるのである」[①]と述べている。こうした読み手と筋を重視する姿勢は、日本の近代文学に特徴的な私小説のような、作者の自己中心的な述懐といった、読者の立場を無視した書き方とは一線を画したものである。私小説は、作者の主張をただひたすらに読者側に押し付けることによって、読者に考える余裕と楽しささえも奪ってしまい、結局、読者と近代文学を引き離したとも言えるのではないだろうか。谷崎の小説論の背景には、1927年に芥川との間に起こった「小説の筋論争」があったということをここで想起する必要があろう。「春琴抄」で、谷崎が淡々とした筆致で佐助がいかに自らの目を潰すかという動作のみを叙述し、その心理について一切触れなかったのは、読者に独自の佐助像をイメージする楽しみを残した、とも考えられるのである。

「心理が書けていない」という問題からは、上記のような谷崎の読者を重視する態度が見えてくるだけではなく、彼の日本語観そのものもうかがうことができる。1929年に書いた「現代口語文の缺点について」の中で、明治以来の言文一致体、いわゆる「口語体」は、「国語の持つ特有の美点と長所とを悉く殺してしまい、西洋文を「模倣すればする程、日本文としては醜くなり、分かりにくくなる」[②]と鋭く指摘し、さらに実例をあげて、日本語の表現の美しさは、「十のものを七つしか云はないところ、言葉

① 谷崎潤一郎「饒舌録」（前掲、第20巻、107頁）に拠る。

② 谷崎潤一郎「現代口語文の缺点について」（前掲、第20巻、183頁）に拠る。

が陰影に富んてゐるところ、半分だけ物を云って後は想像に任せようとするところにあ」ると述べている[①]からである。1936年の「春琴抄」を、谷崎がこうした発想を実行に移した成果であるとすれば。「春琴抄」からは日本語の美を表現しようとする思いが見えてくるのである。

さて施蟄存は、以上のような点について、どう考えたのであろうか。彼は「小説中的対話」の終わりで、こう述べている。

> 西洋文学が東方に伝わってきてから、我々はフランスに、何十頁を費やして一人の行動や思想を描写する、フローベールやゾラのような作家がいることを知った。それ以降、みなは彼らを規範として信奉し、これまでに少しでも異議を唱えた者は一人もいない。こうした模倣がもたらした結果は、我が国の作家に、読者が自身と同じように経験や思索、想像力をそなえた人であるということを完全に忘れさせるに十分だった。（中略）多量の文字で、その言葉や一挙一動を描写し、結果として多数の読者に読みとばされてしまうよりも、簡潔な文体でそれを叙述し、本を閉じた後の想像の余地を読者に持たせるのはどうであろう。（中略）曹雪芹は林黛玉を描くとき、一度として心理分析法を使ったことはなく、会話を冗漫に記述したこともない。しかし、林黛玉の心理や言葉づかいは、紅楼夢を読んだことのある人なら、だれでも想像がつき、推察できる。私は、谷崎氏の「あれで分かっているではないか」という反問に、完全に賛

①谷崎潤一郎「現代口語文の缺点について」（前掲、第20巻、207頁）に拠る。

同したのである[①]。

施蟄存は谷崎に共鳴する自身の文体論を自身の「黄心大師」の中で生かしている。それは、投獄された夫の季氏を見送る馬瑙児についての描写が、「心配しないでください。すべては運命です」[②]という「両義的な」[③]一文のみで、他の描写は一切されていないという点によく現れている。自分の愛していない夫が、悪人から濡れ衣を着せられた時、妻の内心にどのような感情の起伏が生じるかを描くことは、心理描写をもっとも得意としてきた施蟄存にとって、それほど難しくはなかったであろう。施蟄存はなぜ、自分の腕前を見せつける機会を捨て、その代わりに、この「両義的な文」のみを書いたのであろうか。それは、「くだくだしい描写」が「黄心大師」の古風な趣味ある文体の美を損なうであろうことや、読者に想像の余地を残すべきだという、「小説中的対話」の中で述べた考えに従ったのだということが以下の部分からよくわかる。

「黄心大師」は、それを言い伝えた者の語り方においては、

---

① 引用は施蟄存「小説中的対話」（前掲、112 頁）に拠る。原文：西洋文学流传到东方来之后，我们大家都知道了法国有费了几十页文字去描写一个人的行动思想的佛罗贝尔、左拉等作家。大家都把他们奉为圭臬，从来没有一个人敢于提出过一点异议。对于这种作家的摹仿之结果，足以使我们的作家完全忽略了他的读者也是一个如他自己一样的有经验有思索有想象力的人。（中略）与其费了一大堆文字去描写一言一动，而终于被多数读者跳过不看，何如以简洁的文体叙述之使读者在掩卷之后有一个想象体味的余地呢？（中略）曹雪芹描写一个林黛玉，不曾应用心理分析法，也没有冗繁地记述对话，但林黛玉之心理，林黛玉之谈吐，每一个看过红楼梦的人都能想象得到，揣摩得出。我对于谷崎氏的「那不是已经明白了吗」这反问，完全同意了。

② 引用は「黄心大師」（前掲、66 頁）に拠る。原文：不要愁，都是数。

③ 引用は施蟄存「関与黄心大師」（前掲、274 頁）に拠る。原文：模棱两可。

神性的である。だが私の書き方では、人間的である。言い伝えた者の言によれば、すべての因縁を悟る人であるが、私の筆においては、恋愛の幻滅を感じる苦悶者である。物語全体はこの二つの筋立てが絡み合ったものである。当時の人々がこれに気づいたり、理解できたかどうかは判らないが、私はそれを摑んでいると信じ、しかも十分に理解した。（中略）「心配しないでください。すべては運命です」というこの一文は、物語全体において、最も肝心な点である。（中略）私が、これは両義的な文であると言ったのは、瑙娘を理解しようとしない人たちの考えでは、この文は瑙娘が「運命を諦観した」確かな証拠であるのに対して、瑙娘にとっては、これは季茶商に語った心の底からの言葉ではなく、ただごく普通の慰め言葉にすぎなかったということを表現したかったからである。私たち中国人のほとんどは運命そのものを信じているではないか。一つの言葉で、二つの感情を表現し、読者に矛盾していると感じさせない、ここにこそ物語が生まれる①。

上の文には、重要なポイントが一つある。施蟄存はなぜ、新文学がすでに確立された30年代後半に至って、「人間の文学」をモットーとした新文学に一見逆行するような、伝奇の彩りに

---

① 同上。原文：黄心大师在传说者的嘴里是神性的，在我笔下是人性的。在传说者嘴里是明白一切因缘的，在我的笔下是感到了恋爱的幻灭的苦闷者。整个故事是这两条线索之纠缠。当时的人究竟能否发觉，能否理解，我不知道。至于我，却自信是把握住了，而且十分了解的。（中略）“不要愁，都是数”。这是整个故事中一个重大关键。（中略）我说这是一个模棱两可的句子，是因为我正要表现出在不了解瑙娘者心目中，这句话是瑙娘“明了孽数”的铁证，而在瑙娘自己却只是对季茶商说的一句并非由衷而发的，平常的安慰话。我们中国人不是大多数相信命运的吗？用一句话表现了两方面的观感，使他们并不觉察到矛盾，这下面才有故事出来。

富んだ「神の文学」を書き上げたのか？筆者はその答えは、「私たち中国人のほとんどは運命そのものを信じている」点にあると考える。「ほとんど」の中国人、つまり、「大衆」が、「運命そのものを信じている」からには、彼らにとって受け入れやすいよう、こうした「神秘的」な雰囲気に富む題材を扱うというのは理解できるだろう。では施蟄存は、30年代に盛んに行われた文芸大衆化運動について、どのように考えていたのだろうか。

文芸大衆化運動は非常に複雑な問題なので、ここではただ本文と関わる代表的な意見を挙げておくことにする。まず、運動の急先鋒を担った瞿秋白の意見は次のようなものである。五四以来の白話体は普通の民衆と関係ない欧化された新文言であり、五四の新文言は、中国文言文法やヨーロッパ語文法、日本語文法、現代白話と古代白話などを組み合わせてできたものである。しかし、こうした白話体のつかい手は、「新式の知識階級一欧化された知識階級」に限られ、「大都市や工場の中」で働いていた「新興階級」は使わなかった。ゆえに、五四以来の白話は排除し、大衆語を作り上げるべきである、と瞿秋白は考えた。言い換えると、学力の低い「新興階級」に合わせるために、五四以来の白話体を簡単化し、文学の芸術性を犠牲にすることも惜しむべきではない、というのが瞿秋白の考えだった[①]。これに対して魯迅は、「もし文芸が程度を落とすと、容易に大衆に迎合し、大衆に媚びるという弊を生ずる。

---

① ここで、主に瞿秋白の「大衆文芸的現実問題」（1931年10月）、「大衆文芸的問題」（1932年3月）（この文においては、瞿秋白は宋陽という筆名を使った）、「我們是誰」（1932年5月）、「欧化文芸和大衆化」（1932年5月）、「再論大衆文芸答止敬」（1932年7月）（『中国新文学大系続編』1文学論争集、香港文学研究社）を参照した。

迎合と媚びは大衆にとって決して有益ではない」[①]と指摘した。では、施蟄存はどう考えていたのであろうか。まず、彼1940 年に書いた「新文学與旧形式」の中で、文芸大衆化について次のように述べている。

> 私は二つの方法しかないと思う。一つ目は、「大衆」の文学的趣味を向上させること。二つ目は、新文学そのものの中から大衆に近づくことのできる方法を見つけ出すこと。この二つの方法は、どちらも「大衆」に旧文学を捨てさせるものである。もっと明確に言えば、「大衆」は古い形式の通俗文学を打ち捨て、新しい形式の通俗文学を受け容れなければならない、ということである[②]。

施蟄存が求めたのは「芸術」と「大衆」を両立させることである。その試みとしての「黄心大師」で、彼は文体・構造の両面に力を入れた。まず文体の面では、言葉遣いは白話文であったとはいえ、欧化された白話文ではなく、一般民衆に受け入れやすい「純中国式の白話文」を作り上げようとした。次に構造の面では、テクストを重層化することによって、「神」的な黄心大師と「人間」的な黄心大師を同時に作り上げることを可能にした。「神」的な迷信をめぐる部分の描写は、大衆に親しまれや

---

① 魯迅「文芸的大衆化」(『大衆文芸』2巻3期、1930 年 3 月)。ここでは、訳の引用は「文芸大衆化」『魯迅選集』第 12 巻(松枝茂夫訳、岩波書店、197－198 頁、1986 年)に拠る。原文：若文艺設法俯就，就很容易流為迎合大众，媚悦大众。迎合和媚悦，是不会于大众有益的。

② 引用は施蟄存「新文学與旧形式」(『施蟄存散文』、浙江文芸出版社、151 頁)に拠る。原文：我以为只有两种办法：一是提高“大众”的文学趣味，二是从新文学本身中去寻求能接近“大众”的方法。这两种办法，都是要“大众”抛弃了旧文学。或者说得更明确一点，是要“大众”抛弃了旧形式的俗文学而接受一种新形式的俗文学。

すく、通俗文学的であるが、それはただこの作品の表層にすぎない。その深層は、語り手の懐疑的な態度を借りて、「運命そのもの」に対し反発することにあったのではないだろうか。この重層的構造は、それまでの文学鑑賞における大衆の好みと、それに対する批判的まなざしという二つのスタイルを、有機的に結合させたのである。この意味からいえば、「黄心大師」という作品は、旧伝統を批判した近代小説としての側面をも有していたともいえよう。

五、結論

施蟄存と谷崎が置かれていた中日両国の文壇状況は、大きく異なっていた。とはいえ、新しい文芸と大衆の好みをいかに両立させるかという課題においては､共通点もあったと思われる。そして施蟄存は、谷崎の「春琴抄」において、この問題を解決する手法を見出したのだと考えられる。つまり､「純中国式の白話文で小説を書」くことである。ある海外の谷崎研究者の言を借りるならば、両作品は、両作家の日本・中国の「伝統への屈服」ではなく、むしろ「日本と西洋、両者の異なるアプローチへの熱心な実験」①だったといえるだろう。

---

① ここではスティーブ・ドッド、千葉俊二訳、「作られる歴史『春琴抄』における過去という虚構」を参照した（千葉俊二, アンヌ バヤール・坂井編『谷崎潤一郎 : 境界を超えて』、笠間書院、2009 年）。原文： a surrender to Japanese tradition or to senescence , but quite the opposite — an eagerness to experiment with different approaches, both Japanese and Western. Chambers, A a.(winter,1980):"Postscript to'A Portrait of Shunkin' "*in Monumenta Nipponica*, vol.35,no.4,p.460.

結　語

本書は、民国期における谷崎潤一郎作品受容の諸相の断面を描き出そうとする試みである。それとともに、谷崎作品を捉えなおす作品論の試みでもある。

幕末維新時代から努力してきた明治末期の日本は、日清戦争の勝利を経て、物質的な近代化がすすめられた。「近代化」へ突進する時代の雰囲気の中で、西欧の「世紀末」誕生の背景と同じように、日本の文人たちのブルジョア階級への反逆を生む土壌は充分に出来たのである。一方で、日本経由で「世紀末」思潮を受け入れた中国の文学者は、明治期の日本の知識人と同じく、「世紀末」を「近代」と繋げて考えていたのであった。1920年代初頭「既成社会への反抗」という目的で訳されたワイルド作品は中国大陸に押し寄せブームになり、この波に乗って、谷崎作品も次第に中国知識人から注目されるようになった。

まず、中国知識人たちの目を引き付けたのは、谷崎文学の不変の主題の一つである異常性欲描写である。日本留学生の郁達夫は、厨川経由で「病的心理への偏愛」を「世紀末」的なもの、「近代」的な現象として捉え、自らの文学に積極的に取り入れた。しかし、彼は谷崎のように異常性欲描写を主題とすることに十分値するという自信を持っておらず、この点から言えば、異常性欲描写は郁にとっては、一種の飾り的要素に過ぎなかっただろう。

一方で、フロイト理論から深い影響を受けた施蟄存は、谷崎の異常性欲描写の内奥を見据えた。彼の異常性欲描写を自らの作品に持ち込む理由は、フロイトがかつて指摘していた人間精神のより普遍的で根本的な性質にある。その異常性欲を描写することによって、時代や国境を越えた普遍性、つまり「inside reality」という施蟄存が生涯追及していた文学的モチーフを達成させたといえる。

谷崎はこのような人類の普遍性へ関心を抱いた作家でありながら、社会の新生現象を先取りする洞察者としても、中国文士たちの目の前に現れた。「文学は時代の反映であると同時に、時代に一歩先んじて、その意志の方向を示す場合もある」という谷崎自らの揚言が示されたように、彼は「新しい女」や「モダン・ガール」などの新生の現象を先取りし、自らの作品に生かした。そして、郁達夫は「痴人の愛」のナオミという女性像は「モダン・ガール」を先取りしたことを鋭敏に見透かし、そのジェンダーロールの特徴を自らの作品に取り入れ、中国「モダン・ガール」の原型を作り出した。一方で、谷崎作品の主要翻訳者である章克標は、「痴人の愛」を通して、谷崎の、性欲、恋愛、結婚という三大テーマが、セットとして論じられる恋愛観を受容した。

日清戦争に敗北してから、中国人は外国文学や思想の重要性を意識しはじめ、それ以降全力で翻訳に力を入れていた。しかし、1930年代初頭までの中国知識人たちは、あまりにも外来思想を取り入れることに夢中しすぎて、自国の文化に眼をくれようとした人は少なかったといえよう。こうした中で、1936年に谷崎の『春琴抄』が翻訳され、その純日本風の文体や小説作法の巧妙さに共鳴し、それを自らの作品に取り入れ、「純中国式の白話文」という新文体を作り上げようとする人が現れた。その人は施蟄存である。施蟄存のすばらしさは、当時の中国知識人が古い文学と見なし、軽視していた『紅楼夢』という、外国の小説に比べてすこしも遜色のない作品の中で使われていた文体は、実は『春琴抄』の文体と通底するものだと気づいたことにあった。彼はこの「純中国式の白話」の美を再発見し、それを自らの作品「黄心大師」に応用し、伝統の中で近代を取り戻そうとした。今から振り返ってみれば、施蟄存は当時から飛びぬけた存在であったといえよう。

ここまでくると、近代中国において谷崎が多彩に読まれ、深く理解されてきたことを見て取れる。谷崎の文学は、一時代、一社会を乗り越え、人類の普遍性を追求する者であり、谷崎自身は鋭敏な観察眼を持ち、常に新生現象を先取りしている先覚者であった。そして、中国の近代文学における各転換期にあたって、谷崎の姿が常に現れることが、その文学の貴さを裏付ける何よりの証言である。

そして、このような貴い財産を、今日の私たちは、いかに受け継ぐべきかが次の課題と言えるだろう。

章克標年譜[1]

1900年　誕生

7月26日、浙江省海寧州硤石鎮西郷雲街の章家に生まれ、3番目の子供で、名は克標。父章言治は、字は延敬、子明と号した。母許宜先（疑仙ともいう）は海寧の名家の出身。章の出生時は裕福で、3件の店を持ち200畝余りの土地と10畝余りの桑畑を所有していた。

1905年　5歳

私塾に入り勉強を始める。最初に『時務三字経』を学んだ。父章言治は康有為や梁啓超らの維新変法運動の影響で上海龍門師範速成師範科に入学（第1期生と推測される）し、帰郷後硤石開智学堂で国文教師を務める。

1908年　8歳

斜橋小学堂に入学

1911年　11歳

飛び級で海寧州中学堂予科（高等小学堂に相当）に入学。数学の成績が優秀であった。同年辛亥革命が起き、通っていた州中学堂は海寧県立乙種商業学校に改制される。

1914年　14歳

---

① この年譜は『章克標文集』（上海社会科学出版社、2003年）をもとに作られたものである。

海寧県立乙種商業学校の第1期生として卒業。卒業後杭州に行き清華学校の試験を受けるが不合格に終わる。そして嘉興浙江省立第二中学に入学する。同年、父は達材学堂から海寧県立乙種商業学校へ転勤になり、後に校長に推薦される。

1914－1918年　14－18歳

この4年間浙江省立第二中学で学ぶ。この学校には日本留学経験のある教員が多く、体育教育を重視していた。

1918年　18歳

浙江省立第二中学を卒業。父との相談の結果日本留学が決まる。上海で山城丸に乗り、長崎に行く。その後列車で東京へ。清新館という下宿屋に住み、東亜高等預備学校に通い日本語を学ぶ。

1919年　19歳

東京高等工業学校（墨田区蔵前）を受験するが不合格に。半月後に東京師範高等学校（文京区大塚）を受験し、特別予科班に入学する。(この学校は中国人留学生の日本語、他教科の補習のために開設された。) 同級生には田漢、方光燾（まもなく英文科へ進学）がいた。在学期間中に滕固と知り合い、文芸への興味を深める。同時に創造社の郁達夫や張資平と接触を持つようになる。

1920年　20歳

東京師範高等学校数学科に進学して学ぶ。

1921年　21歳

春、病気を理由に1年間の休学を申請して帰国。9月に震旦大学法文特別班に入学する。（戴望舒は1924年、施蟄存と杜衡は1925年に同校法文班に入学する）

1922年　22歳

獅吼社の創設に取りかかる。

1923年　23歳

9月1日、関東大震災に遭遇する。

1924年　24歳

帰郷して婚約を解消する。滕固、方光燾らと『獅吼』半月刊を出版する。

8月15日、『獅吼』第3期に『紙背的文字 sphinx 之呼声』を発表。

1926年　26歳

春、方光燾の紹介で立達学会に参加。また、立達学園の匡互生[①]の紹介で北京国立編訳館に就職する。2ヵ月後、編訳館を退職して京都へ赴き、京都帝国大学数学研究科で学ぶ。しかし当時中国国内の情勢が混乱してきたため、日本で腰を落ち着けて学業に専念することが出来ず、6月末で滞在を切り上げ神戸から帰国する。そして台州浙江省立第六中学の教員となり、同僚の陶元慶[②]と親しくなる。

---

①匡互生(1891－1933)、字は人俊、号は務遜または日休，湖南邵陽の人。1915年北京高等師学校数理部に入学し、積極的に五四運動に参加する。1920年に湖南第一師範教務主任に任命される。1925年に上海で立達中学(後に立達学園に改名)と立達学会を創立する。巴金は彼のことを「理想、やる気があり、国や国民のための教育家である」と賞賛する。

②陶元慶(1893－1929)、字は璇卿、浙江省紹興の出身で、魯迅、許欽文と同郷である。魯迅の著書『墳』『彷徨』、翻訳書『苦悶的象徴』等のために表紙絵を描き、魯迅から高い評価を受けた。「『陶元慶氏西洋絵画展覧会目録』序」(魯迅、1925)では、陶元慶の作品は「力をこめ、心を傾け」たものである、と言う。また中国的情趣と技法を西洋画の中に溶け込ませ、「東洋的固有の情調が自然に作品から滲み出して、独特な豊潤さを醸す」、と称賛する(楊義、張中良、中井政喜著、森川(麦生)登美江、星野幸代、中井政喜訳『二十世紀中国文学図誌』、161頁、学術出版会、2009年)

後に友人となる邵洵美は欧州から結婚のために帰国の途についていた。途中立ち寄ったシンガポールの露天の本屋で偶然にも『獅吼』を見つける。自分と志向が良く似ていると感じ、上海に到着後章克標と会い、交友関係を結ぶ。

9月、嘉興浙江省立第二中学教員に転任。

12 月 10 日、『小説月報』17 巻 12 号に「上帝保佑下的一員」を発表。

1927 年　27 歳

1 月 5 日、『一般』第 2 巻第 1 号に「新年新歴」を発表。

夏休みに上海へ赴き、江湾にある方光燾の家に滞在する。方光燾と共に東京師範高等学校時代の旧友孫百剛の家を訪問する。そして孫の家で王映霞と出会う。当時孫百剛は郁達夫の王映霞に対する求愛に不満を持っていた。なぜなら王家と孫家は何代にもわたる交流があり、孫は手をこまねいてそれを見ているわけにはいかなかったのである。そこで孫は章に王映霞を紹介したが、彼は興味を持たなかった。翌年、自分の経歴を基にした小説「銀蛇」を発表する。

陶元慶の案内で魯迅の家を訪問。

9 月 5 日、『一般』第 3 巻第 1 号に「譚現下学風及其他（対話）」を発表。

10 月 5 日、『一般』第 3 巻第 2 号に「芥川龍之介的死」を発表。

12 月 5 日、『一般』第 3 巻第 4 号に「友誼和辯難」を発表。

1928 年　28 歳

1 月 5 日、『一般』第 4 巻第 1 号に「朦朧的思路」と「老酒香煙女人」を発表。署名は豈凡。

2 月 5 日、『一般』第 4 巻第 2 号に「一般的話」を発表。署名は豈凡。

3月5日『一般』第4巻第3号に「歳暮」を発表。

5月5日、『一般』第5巻第1号に「公論」を発表。

6月5日、『一般』第5巻第2号に「一般的話」を発表。署名は豈凡。

7月5日、『一般』第5巻第3号に「崇拜知識的迷信和知識階級」を発表。

この年の夏、暨南大学（キャンパスは真如）の数学科教授に就任。この期間夏乞尊、徐中舒と共に宝山路宝山里60号の章錫琛（開明書店主人）の家に住み、彼の書店での業務を手伝う。大学は授業進度の問題と、生徒との折り合いの悪さに加え、性病が再発したので辞職することとなった。武者小路実篤の『愛欲』を訳し、金屋書店より出版。

8月1日、『獅吼』復活号第3期に「草的感覚」を発表。

8月5日、『一般』第5巻第4号に「站在十字街頭的一個問題」を発表。

9月5日、『一般』第6巻第1号上に「酒—少喝一点的好」、「一般的話」を発表。署名は豈凡。

9月16日、『獅吼』第6期に「恋愛両極（上）」を発表。

10月1日、『獅吼』第7期に、「恋愛両極（下）」を発表。

10月5日、『一般』第6巻第2号に「一般的話」を掲載。署名は豈凡。

11月5日、『一般』第6巻第3号に「一般的話」を掲載。署名は豈凡。

12月1日、『獅吼』第11期に「江湾夜話」を発表。

12月5日、『一般』第6巻第4号に、「民主主義与天才的相反及交錯」を発表。

12 月 10 日、『開明』第 1 巻第 6 号に、「談創作」を発表。署名は豈凡。

12 月 16 日、『獅吼』第 12 期に、谷崎潤一郎の「刺青」中国語訳を掲載。

1929 年　29 歳

1 月から邵洵美と『金屋月刊』の主編を勤める。

1 月 1 日、『金屋月刊』第 1 期に「破損的箱篋」を発表。

1 月 5 日、『一般』第 7 巻第 1 号に「一般的話」、「中国社会相的新展開」(一)、「中国人性情的反面」を掲載。

1 月、小説集『銀蛇』(第一集) を金屋書店より出版。

1 月、仲人の勧めにより、崇徳県の富家の娘陳翠娥と結婚。このような旧式の結婚と、身上である自由恋愛の観点は相入れるものではなかったが、結婚生活に不満は感じなかった。

1 月 13 日、『文学周報』353 期に「梅蘭芳号」、「梅蘭芳揚名海外之一考察」を発表。署名は豈凡。

2 月 1 日、『金屋月刊』第 2 期に「来吧讓我們沈睡在噴火口上歓夢」、「要做一篇魯迅論的話」(一) (署名 A・B)、谷崎潤一郎の「二人の稚児」の中国語訳を発表。

2 月 5 日、『一般』第 7 巻第 2 号に「一般的話」を掲載。署名は豈凡。

3 月 1 日、『金屋月刊』第 3 期に「馬車馬」、「要做一篇魯迅論的話」(二) を発表。

3 月 5 日、『一般』第 7 巻第 3 号に「一般的話」、「翻譯復興」、「好書不出」を掲載。署名は豈凡。

3 月 10 日、『小説月報』第 20 巻第 3 号に「身辺雑事」を発表。

4 月 1 日、『金屋月刊』》第 4 期に「上去站在第一峰頂」、「櫻花之都」、夏目漱石の「倫敦塔」の中国語訳を掲載。

4月10日、『小説月報』第20巻第4号に「人形災」、「身辺雑事—教師生涯」を発表。

5月1日、『金屋月刊』第5期に、「做不成的小説」、谷崎潤一郎の「蘿洞先生」中国語訳を発表。

5月5日、『一般』第8巻第1号に「一般的話」、「保存鼓舞」、「五月放假月」、「全国美術展覧会」、「禁止研究社会科学者的頭脳」を発表。署名豈凡。

5月10日、『小説月報』第20巻第5号に「身辺雑事」、「春暮」、「両個 Thema 所感」を発表。

5月、『菊池寛集』の訳本を開明書店から出版、それには「藤十郎の恋」、「若杉裁判長」、「投水救助業」、「羽衣」、「島原心中」、脚本4篇：「公論」、「貞操」、「恋愛病患者」、「兄の場合」、冒頭には章克標の「巻頭言」、その中には菊池寛の「文芸作品内容的価値」と「芸術本体無階級」の２編への評論文が含まれている。

芥川龍之介の「藪の中」を訳し、その中国語訳「藪中」が『芥川龍之介集』に収録され、開明書店から出版。

6月1日、『金屋月刊』第6期に「春曲」、「介紹批評与討論」、「上元灯」、「她的遺書」、「神巫之愛」を発表。署名はA・B。

6月5日、『一般』第8巻第2号に「一夜」（署名は章克標）、「一般的話」、「関於学校演劇等等」（署名豈凡）を発表。

7月5日、『一般』第8巻第3号に、「一般的話」、「疑問」（一、二）、「革命与性生活」（署名豈凡）を発表。

7月10日、『開明』第2巻第1号に「講読書」を発表。署名豈凡。

8月5日、『一般』第8巻第4号に「世界各国数学教育的改造運動」、「一般的話」、「英雄死」、「文人忙」、「投機心」、「装修門石」を発表。署名豈凡。

8月、雑文集『風涼話』を開明書店から出版。「風涼話」と「一般的話」の両方で、合計27篇の雑文が収められている。小説集『恋愛四象』を金屋書店から出版、それには「恋愛四象」、「致某某」、「九呼」等5篇の小説と「悪戯」等初期5篇習作が収録されている。

9月5日、『一般』第9巻第1号に「一般的話」、「興奮剤」、「西湖博覧会雑感」を発表。署名豈凡。

9月、小説集『一個人的結婚』を芳草書店から出版。

10月5日、『一般』第9巻第2号に「追悼陶元慶氏」、「回憶和幻想中的陶元慶」を発表。

10月10日、『小説月報』第20巻第10号に「剪頭髪」、「洗澡」を掲載。署名豈凡。

10月10日、『開明』第2巻第4号に「詩歌批評号」、「談詩」を掲載。署名豈凡。

11月5日、『一般』第9巻第3号に「一般的話」、「敬謝指教」、「交友須知」、「都是生意経」を掲載。署名豈凡。

11月15日、『新文芸』第1巻第3号に「発行的沙礫」を発表。署名豈凡。

12月1日、『金屋月刊』第7期に「南京路下午三時」を発表。

12月5日、『一般』第9巻第4号に「一般的話」、「大減価与軍楽声」、「礼儀之邦」、「国字輩太来争气」、「綁匪横行」、「再会再会」を発表。署名豈凡。

12月15日、『新文艺』第1巻第4号に「学校教師論」、谷崎潤一郎の「お艶殺し」中国語訳「殺艶」を掲載。

1930年

1月15日、『新文芸』第1巻第5号に谷崎潤一郎「お艶殺し」の中国語訳「殺艶」を連載。

谷崎作品の訳文集『谷崎潤一郎集』を開明書店から出版、「刺青」、「麒麟」、「悪魔」、「続悪魔」、「富美子の足」、「二人の稚児」の6篇が収録されている。

2月10日、『小説月報』第21巻第2号に片岡鉄兵「ある結末」の中国語訳「一个結局」を掲載。

3月10日、『小説月報』第21巻第3号に横光利一「春は馬車に乗って」の中国語訳「春天坐了馬車」を掲載。

3月、小説集『蜃楼』を金屋書店より出版、「変曲点」、「漩渦」、「一夜」、「做不成的小説」、「蜃楼」の合計五篇を収録。

『現代日本戯曲集』を中華書局から出版。山本有三「同士の人々」、中村吉蔵「星亨」、久米正雄「阿武隈心中」、久保田万太郎「短夜」、岡本綺堂「修禅寺物語」、小山内薫「第一の世界」の合計六篇を収めた。

4月1日、『金屋月刊』第8期に「身辺雑事」、「介紹批評与討論」、「我的幼年」を発表。

6月1日、『金屋月刊』第9、10号合併号に、「春天帯了来的」、「両種的小説」、「関于蜃楼」（署名克標）、「随筆」（一）（署名豈凡）を発表。

6月、方光燾と共同編集した『文学入門』を開明書店から出版。

7月10日、『小説月報』》第21巻第7、8、9号に「坊ちゃん」の中国語訳「哥児」と、「関与夏目漱石」を発表。

8月1日、『金屋月刊』第11期に「初夏的風」、「美人李」（署名克標）、「随筆」（二）を発表（署名豈凡）。

9月1日、『金屋月刊』第12期に「灯下伴侶」、「楊柳」、「随筆」（三）を発表（署名豈凡）。

10月10日、『小説月報』第20巻第10号に「剪頭髪」、「洗澡」

を発表。（署名豈凡）

1931 年

2 月 15 日、『当代文芸』第 1 巻第 2 号に、岡田三郎の「賭」中国語訳を掲載。

8 月 10 日、『小説月報』第 22 巻第 8 号に「小小生命的始終」を発表。

10 月 10 日、『小説月報』第 20 巻第 10 号に「剪頭髪」、「洗澡」を発表。署名は豈凡。

1932 年

1 月 28 日上海事変が起こり、故郷へ逃れる。時局が少し落ち着いてから上海へ戻り、華徳路大連湾路口誠信坊に引っ越す。

3 月 2 日、『申報・自由談』に「星期雑記」を発表。署名豈凡。

3 月 3 日、『申報・自由談』に、「星期雑記」（続）を発表。署名豈凡。

6 月、『開明文学辞典』を出版。編集主任を勤める。

9 月 16 日、半月刊『論語』創刊、第 1－10 期の編集を勤め、かつ長期にわたって投稿者となった。

翻訳作品集『夏目漱石集』を開明書店から出版。その中で、彼の書いた「関于夏目漱石」、「鶏頭序」及び訳文「哥児」、「倫敦塔」が収録されている。この本が中国で初めて出版された夏目漱石作品の訳文集である。

12 月 27 日、『申報・自由談』に「尊愚論」を発表。署名豈凡。

12 月 28 日、『申報・自由談』に「排天才」を発表。署名豈凡。

1933 年

2 月 13 日、『申報・自由談』に「希望真命天子降臨的人們」を発表。署名豈凡。

3 月 23 日、『申報・自由談』に「人民的天職」を発表。署名豈凡。

5 月 23 日、『申報・自由談』に「欺騙」を発表。署名豈凡。

5 月 25 日、『申報・自由談』に「胡調」を発表。署名豈凡。

5 月 28 日、『申報・自由談』に「談風月」を発表。署名豈凡。

5 月、『文壇登竜記』を自費出版。初版はたちまち売り切れ、すぐに再版が必要になったほど当時の反響は大きかった。魯迅は"葦索"というペンネームで、『申報・自由談』に「登竜述拾遺」を発表して反撃した。

6 月 4 日、『申報・自由談』に「不要自由」を発表。署名豈凡。

6 月 6 日、『申報・自由談』に「文人」を発表。署名豈凡。

6 月 8 日、『申報・自由談』に「自由的爆裂」を発表。署名豈凡。

6 月 14 日、『申報・自由談』に「歌与頌」を発表。署名豈凡。

6 月 16 日、『申報・自由談』に「修改与制造」を発表。署名豈凡。

6 月 24 日、『申報・自由談』に「没落者」を発表。署名豈凡。

6 月 26 日、『申報・自由談』に「世界人」を発表。署名豈凡。

7 月 21 日、『申報・自由談』に「文学有用論」を発表。署名豈凡。

8 月 2 日、『申報・自由談』に「談借債」を発表。署名豈凡。

8 月 7 日、『申報・自由談』に「遺忘」を発表。署名豈凡。

8 月 10 日、旬刊『十日談』創刊、編集長を務める。平均出版部数約 1 万部。

8 月 14 日、『申報・自由談』に「談続」を発表。署名豈凡。

8 月 16 日、『申報・自由談』に「従武俠小説到幽黙雑文」を発表。署名豈凡。

8 月 19 日、『申報・自由談』に「頭痛医脚論」を発表。署名豈凡。

8 月 22 日、『申報・自由談』に「天下太平書」を発表。署名豈凡。

8 月 24 日、『申報・自由談』に「蛀虫与中国」を発表。署名豈凡。

8 月 28 日、『申報・自由談』に「創作与史実」を発表。署名豈凡。

9 月 10 日、『申報・自由談』に「定命論精義」を発表。署名豈凡。

9 月 18 日、『申報・自由談』に「退一法歩哲学」を発表。署名豈凡。

1934 年

2 月 1 日、『現代』第 4 巻第 4 期に「三四雑草」（随筆)、「希望的誘引」、「求水的心」、「光源的発言」を発表。

3 月 15 日、『矛盾』第 3 巻第 1 期に「論随筆小品文之類」を発表。

1935 年

1 月、『青年界』第 7 巻第 1 号学校生活特集に「浮在水面」を発表。

3 月 20 日、『太白』第 2 巻第 1 期に「春天帯来的」を発表。署名豈凡。

弟章克椿が時代書店の金を使い込んだために、慙愧に堪えられなかったことと、他の時代書店の責任者の締め出しに遭い、最終的に辞職して帰郷し、嘉興小西門柳岸上 11 号に住む。9 月から母校嘉興中学で高校生に数学を教える。

1937年

日中戦争が勃発し、杭州の情勢が緊迫してきたために、年末を以て一家で海路上海へ避難。しばらく嵩山路交番の向かいにある時代書店3階に住むが、まもなく海寧路寧安に転居。生計を立てるために、同僚と浙光中学を経営する。

1938年

わずかな収入で生活を維持していくのが難しくなったために、定職を探すことに。新聞に日本語翻訳のできる人材を募集している広告を見つけ、採用試験を受け合格。その後、中華日報社の新聞は汪精衛派の機関紙となり、対日妥協を宣伝していることを知る。中華日報社では「章建之」という偽名を使い、夜8時から12時まで働いた。職務の内容は、編集長が指定した日本の新聞のニュースを翻訳することであった。月給は100元。

中華日報社を代表して、東京で開催された「東亜操觚者懇談会」に参加する。

中華日報社から転出し、「中央電訊社」の創設に関わる。

10月24日、『申報・自由談』に「脚跟」を発表。署名は豈凡。

1940年

3月30日、汪精衛は南京政府を樹立する。記者会見会の準備で南京へ行き、「首都飯店」に泊まった。

汪精衛政府が成立後、宣伝部指導科科長に任命される。指導局長官は郭秀峰、宣伝部長は林柏生、副部長は胡蘭成であった。南京にやって来たとき、中央大学校長樊仲雲は招聘書を出して章を教授に任命しようとしたが、多忙を理由に断っている。しかし樊が主催する新聞『国際時事』に日本の新聞に掲載された国際時事及び経済に関するニュースの翻訳を掲載している。

『民国日報』（元は『南京新報』）の社説を書く。毎月約10篇を書き、残りの20篇余りは呉頡鳳が書いた。郭秀峰の主宰する『翻叢』に毎月1篇の日本小説を翻訳した。それらは草野新平の提案と手配により、『現代日本文学選』に収録されている。

5月16日、汪精衛政府の成立時日本の特使阿部信行が訪中し祝賀したことの返礼として、汪政府は立法委員長陳公博、宣伝部部長林柏生を中心とする使節団を日本へ派遣した。章は『中華日報』の記者として同行し、穆時英と共に参加した。

1941年

谷崎潤一郎「悪魔」、「人面瘡」、「富美子の足」の中国語訳を三通書局から出版。

1942年

北条民雄の小説を翻訳し、『癩院受胎及其他五篇』として太平書局から出版。「いのちの初夜」、「間木老人」、「癩院受胎」、「癩家族」、「癩院雑記」、「続癩院雑記」、「後記」(川端康成)、「北条民雄の人および生活」(光岡良二)、「臨終記」(東条耿一)、「遺稿」(于泉信夫)が収録されている。

1943年

第2回大東亜文学者会議に出席。

「許竹園」の筆名で、翻訳小説集『現代日本小説選集』(第1集)を太平書局から出版。「秘色」(横光利一)、「開かぬ門」(丹羽文雄)、「海に行く」(葉山嘉樹)、「若樹」(舟橋聖一)、「山師」(中山義秀)、「大学生」(林芙美子)、「山峡にて」(火野葦平)、「解氷期」(大滝重直)、「風車」(壷井栄)、「幸運児」(荒木巍)、「鳩」(窪川稲子)、「きりぎりす」(太宰治)、「冬のはじめ」(芹沢光治良)、「晴れたり君よ」(宇野浩二)、「冬の町」(上田広)を収録。

7月25日、『太白』第2巻第4期に「風雨談」を発表。

8 月 19 日、『朝日新聞』に大東亜文学者会議の感想を「力強い提携」と発表。（日本語文）

8 月 25 日、『太白』第 2 巻第 5 期に「天地者万物之逆旅」を発表。

9 月 10 日　第 2 回大東亜文学者会議第 3 分科会で「翻譯委員会の設置」を日本語で発言、この発言は『文学報国』第 3 号に収録されている。

9 月 20 日、「一以貫之」という第 2 回大東亜文学者所感を発表した。『文学報国』第 3 号に収録されている。

1944 年

南京開催の第 3 回大東亜文学者会議に参加。

指導補佐（副局長）に昇進する。

新任の局長劉石先と折り合いがつかず、南京を離れ、汪政府の江蘇省宣伝所へ転任する。

孫百剛の紹介で、浙江省府参事を担当する。間もなく、南京宣伝部より『浙江日報』編集長の職を委任される。妻陳翠娥は肺病が日増しに悪化し、4 月頃杭州で死去。

人からの紹介で李覚茵と結婚する。

4 月、「許竹園」の筆名で、翻訳小説集『現代日本小説選集』（第二集）を太平書局から出版。「安南」（森三千代）、「地熱」（上田広）、「雨期」（上田広）、「帰っての独白」（高見順）、「花さまざま」（高見順）、「春の記録」（芹沢光治良）、「竹夫人」（井上友一郎）、「或る女の話」（大谷藤子）、「木石」（舟橋聖一）、「業苦」（嘉村礒多）を収録。

5 月、浙江日報社社長程季英の辞職に伴い、汪政府宣伝部から代理社長に任命される。

11 月 1 日、雑誌『高原』創刊号に「土匪、黄魚、汽車（旅行道迅）」を発表。署名豈凡。

11 月 10 日、汪精衛病死。間もなく簡任特派員に昇任されるが、出頭しなかった。

1945 年

1 月　退職を申し出て杭州を離れ帰郷する。

インフレのために貯えが底をつき。生計を立てる方法を探さざるを得なくなる。人からの紹介により、江西省貴渓県貴渓中学で高校生の国文と数学を教える。1 学期務めたのち辞職する。

1947（或は 1948 年）

夏休みに招待に応じて台北へ行く。台湾滞在期間は『平言日報』社説の主筆を務めた。章は自身が汪政府で働いていた経歴を考慮して、一家を挙げて台湾へ移住する計画を立てる。そして故郷の妻を迎えに行く。上海まで戻ったが台湾行の船の切符を買えなかったために上海へ留まる。

1951 年

土地改革で地主と認定され、財産を没収される。

1952 年

早春、上海児童読物出版業連合書店出版部（通称童連書店）で働く。

1955 年

童連書店が新華書店上海発行所と合併し、上海発行所宣伝科に転任となる。

1956 年

8 月　上海印刷学校へ転勤となる。

王任叔との約束で、人民文学出版社のために夏目漱石「坊っちゃん」を翻訳する。

1957 年

1 月 3 日、人民文学出版社から「坊っちゃん」の原稿料 300 元を受け取る。

2 月 26 日、新文芸出版社は谷崎潤一郎「細雪」の中国語訳の出版に同意する。

この後半年は体の状況が思わしくなく、それを胆嚢炎と誤診され、胆嚢を摘出される。2 か月入院。

1958 年

春に 4 類分子（地主、富農、反革命分子、悪人）と分類され、監視 3 年間と宣告される。年末、上海市の人口圧縮政策の呼びかけに応じ帰郷するが、妻は自分の意思で上海へ留まった。

12 月 12 日、列車で故郷へ戻り、両親と同居する。

1960 年

初夏、父章言治が死去。享年 90 歳。

1965 年

年越しの後に上海へ行く。間もなく母親が病死し、章夫妻は葬儀を執り行う。

1966 年

「文化大革命」で批判対象となり、身体と精神に大きな傷を負う。年末、妻の李覚茵は帰郷し、章と離婚を申し出る。

1979 年

地主と反革命分子の汚名を取り除かれる。

1980 年

浙江省文史研究館の館員になる。

1983 年

1966 年に離婚した李覚茵と再婚する。

1985 年

上海楊浦区はかつての判決を撤回して無罪の評定を出し、正式に名誉回復される。章夫妻は北京の開明書店創設 60 周年パーティーに参加する。

1987 年

戸籍を故郷硤石鎮に移し、硤石鎮兪家橋小区五村に転居する。

1988 年

12 月、『文壇登竜術』を黒竜江教育出版社から再版。

1993 年

『銀蛇』を華東師範大学出版社から再版。

1995 年

『風涼話与文壇登竜術』を漢語辞典出版社から再版。

1996 年

随筆集『文苑草木』を上海書店出版社から再版。

3 月、『一個人的結婚』を上海書店出版社から再版。

1997 年

妻李覚茵が病死。

1998 年

『銀蛇』を黒竜江人民出版社から再版。

1999 年

1 月、『申江服務導報』の「人間鵲橋」という欄に結婚相手を募集する公告を出す。広告掲載から 4 月末までに求婚者は 60 人に上った。

7 月、『文壇登竜術』を四川文芸出版社から再版。

8 月 23 日、求婚者の一人で東北籍の劉女史（結婚後に林青と改名）と入籍結婚したことを報告する。

2000 年

自伝体作品『九十自述』を文聯出版社から出版。

12 月 3 日、妻子と共に嘉興から上海へ移り、湖北保康店埡山区に住む。

2001 年

11 月 26 日、上海へ戻る。

2002 年

10 月 1 日、上海から嘉興へ行き、嘉興一中開校 100 周年記念式典に参加する。

2003 年

1 月、上海社会科学院出版社は陳福康、蒋山青編集の『章克標文集』上下巻を出版。

9 月 8 日、杭州に行き浙江省文史館の記念式典に参加。

2005 年

3 月 14 日、中国現代文学館の夢晨が北京から上海の章克標のもとへ面会に訪れる。夢晨は中国作家協会党書記の金炳華と中国文学館館長陳建功が章を重要視しており、金炳華が彼を作家協会に加入させようとしていると伝える。

2007 年

1 月 23 日、上海で病没。享年 107 歳。

参考文献

1. 青野繁治「施蟄存「石秀」の成立」、『野草』第72号、2003年

2. 青野繁治「施蟄存「黄心大師」をめぐって」『太田進先生退休記念中国文学論集』、中国文芸研究会、1995年

3. 郁達夫著、岡崎俊夫訳「過去」、『現代中国文学6　郁達夫 曹禺』、河出書房新社、1971年

4.『郁達夫文集』、花城出版社、1984年

5. 伊藤虎丸訳『魯迅全集』第1巻、学習研究社、1984年

6. 伊藤虎丸「郁達夫と大正文学—日本文学との関係より見たる郁達夫の思想＝方法について」、『近代文学における中国と日本—共同研究・日中文学関係史—』、汲古書院、1986年

7. 井上健「谷崎潤一郎の世紀末」、『谷崎潤一郎と世紀末』思文閣、2002年

8. 石崎公子「谷崎潤一郎と〈江戸〉:『刺青』試論」、『東京家政学院大学紀要』34、1997年

9. 岩佐壮四郎「「刺青」—＜宿命の女（ファン・ファタル）＞の誕生」、千葉俊二編『谷崎潤一郎　物語の方法』、有精堂、1990年

10. 王維雅「谷崎潤一郎和郁達夫小説中的審美情趣比較」、『商洛学院学報』、2010年

11. 王自立、陳子善編『郁達夫研究資料』、天津人民出版社、1982年

12. 翁菊芳「恐倶与恐怖——施蟄存与愛倫・坡荒誕小説比較

分析」、『鄭州航空工業管理学院学報』(社会科学版)、2008年

13. 大東和重「〈自意識〉の肖像—田山花袋『蒲団』と郁達夫『沈淪』—」、『比較文学』、2002年

14. 大東和重「恋愛妄想と無意識——『蒲団』と中国モダニズム作家・施蟄存」(『東大比較文学会』、2003年

15. 大東和重「郁達夫における志賀直哉の受容:自伝的文学とシンセリティ」、『近畿大学語学教育部紀要』、2006年

16. 大東和重「郁達夫におけるワイルドの受容—唯美主義と個人主義—」、『現代中国』、2008年

17. 解志熙『美的偏至:中国現代唯美頽廃主義思潮研究』、上海文芸出版社、1997年

18. 加藤千香子「「帝国」日本における規範的女性像の形成—同時代の世界との関係から—」、『東アジアの国民国家形成とジェンダー』、青木書店、2007年

19. 河村錠一郎『世紀末美術の楽しみ方』、新潮社、1998年

20. 川本三郎『大正幻影』、筑摩書房、1997年

21. 金子幸子「「新しい女」の出現とその軌跡—神近市子を中心に」、『東アジアの国民国家形成とジェンダー』

22. 金子明雄「文学における「異性愛」の表象、あるいはセクシュアリティを語るとは「私」にとってどのようなことか」、日本近代文学会春季大会、2001年

23. 喜多壮一郎監修、鞠町幸二編、『モダン用語辞典』、1930年

24. 北原白秋『白秋全集』21巻、岩波書店、1986年

25. 北村透谷「厭世詩家と女性」、明治文学全集『北村透谷集』、筑摩書房、1976年

26. 北沢秀一「モダン・ガール」、『女性』、1924年

27. 桐生政次訳『現代文明之批判』、隆文館、1907年

28. 鏡味国彦「「世紀末」イギリス文学と大正期の文壇：シモンズとワイルドの影響について」、『立正大学人文科学研究所年報』、1983年

29. 許道明『海派文学論』、複旦大学出版社、1999年

30. 許敏『上海通史第十巻民国文化』、上海人民出版社、1999年

31. 厨川白村『厨川白村全集』、改造社、1929年

32. 畔柳都太郎抄訳『天才論』、普及舎、1898年

33. 工藤貴正『中国語圏における厨川白村現象—隆盛・衰退・回帰と継続—』、思文閣、2010年

34. 草間八十雄『女給と売笑婦』、『近代婦人問題名著選集続編』第9巻、日本図書センター、1982年

35. 黒澤義臣訳『変態性欲心理』、大日本文明協会、1913年

36. 桑島道夫「葛西善蔵と郁達夫—「哀しき父」「子をつれて」と「蔦蘿行」の比較を中心として—」、『アジア遊学』、2000年

37. 厳家炎『中国現代小説流派』、人民文学出版社、1989年

38. 小峰茂之・南孝夫『同性愛と同性心中の研究』、小峰研究所、1985年

39. 小谷野敦『谷崎潤一郎伝—堂々たる人生』、中央公論新社、2006年

40. 小谷一郎、劉平編『田漢在日本』、人民文学出版社、1997年

41. 胡金定「郁達夫における外国思想・文化の受容」、『言語と文化』、1999年

42. 姜進　等『娯悦大衆—民国上海女性文化解読』、上海辞書出版社、2010年

43. 柄谷行人『日本近代文学の起源』、講談社、1980年

44. 佐伯順子『「色」と「愛」の比較文化史』、岩波書店、1998

年

45. 佐々木隆「明治時代のワイルド受容」、『武蔵野短期大学研究紀要』、1999 年

46. 佐藤春夫「潤一郎・人及び芸術」、『定本佐藤春夫全集』20 巻、臨川書店、1998－2001 年

47. 佐伯順子「近代恋愛と谷崎潤一郎—「恋愛の解放」と夫婦愛の希求—」、『比較文学研究』82 号、2003 年

48. 斎藤敏康「施蟄存と A.シュニッツラー——『婦心三部曲』と「霧」「春陽」」、『野草』第 66 号、2000 年

49. 施蟄存「在巴黎大劇院」、『小説月報』第 22 巻第 8 号、1931 年

50. 施蟄存「石秀」、『小説月報』第 22 巻第 2 号、1931 年

51. 施蟄存「「荘子」与「文選」」、『申報・自由談』、1933 年 10 月 8 日

52. 施蟄存「推薦者的立場——「「荘子」与「文選」之論争」、『大晩報・火炬』、1933 年 10 月 19 日

53. 施蟄存「致黎烈文先生書——兼示豊之余先生」、『申報・自由談』、1933 年 10 月 20 日

54. 施蟄存「突囲」、『申報・自由談』、1933 年 10 月 31 日

55. 施蟄存「関与突囲」、『申報・自由談』、1933 年 11 月 14 日

56. 施蟄存「新文学與旧形式」、『施蟄存散文』、浙江文芸出版社、2005

57. 施蟄存「小説中的対話」、『宇宙風』第 39 号、1937 年

58. 施蟄存著、青野繁治訳「私と現代書局」、『砂の上の足跡——或る中国モダニズム作家の回想』大阪外国語大学学術出版委員会、1999 年

59. 施蟄存「将軍底頭自序」、『東方赤子大家叢書・施蟄存

巻』、華文出版社、1999年
60. 施蟄存訳、陳子善編『老古董倶楽部：施蟄存訳文集』、広西師範大学出版社、2005年
61. 『施蟄存海外書簡』、大象出版社、2008年
62. 史書美著、何恬訳『現代的誘惑——書写半殖民地中国的現代主義（1917－1937）』、江蘇人民出版社、2007年
63. 鹿島茂『ギュスターヴ・モロー—絵の具で描かれたデカダンス文学』、六耀社、2001年
64. 島村抱月「囚はれた文芸」、『早稲田文学』、1906年
65. 宗像衣子「世紀末芸術—逆説性と価値」、『研究紀要人文科学・自然科学篇』、神戸松蔭女子学院大学、2010年
66. ジャン・ピエロ著、渡辺義愛訳『デカダンスの想像力』、白水社、1987年
67. 謝六逸「二十年来の日本文学」『小説月報』第20巻第7号、商務印書館、1929年
68. 周作人「日本近三十年小説之発達」、『新青年』第5巻第1号、群益書社、1918年
69. 周敍琪『一九一〇——九二〇年代都會新婦女生活風貌:以《婦女雜誌》為分析實例』、国立台湾大学出版委員会、1996年
70. 周小儀「莎楽美之吻:唯美主義、消費主義与中国啓蒙現代性」、『中国比較文学』、2001年
71. 邵綃紅『我的爸爸邵洵美』、上海書店出版社、2005年
72. 邵洵美、章克標編『金屋月刊』、1930年
73. 肖同慶『世紀末思潮与中国現代文学』、安徽教育出版社、2000年
74. 徐暁紅「文壇デビュー期の施蟄存—「新旧我無成見」を中心に」、『野草』85、2010年

75. 徐暁紅「新発見資料から再評価する施蟄存の初期文学」、『東京大学中国語中国文学研究室紀要』、2009 年

76. 章克標訳「悪魔」、『東方雑誌』、1928 年

77. 『章克標全集』、上海社会科学出版社、2003 年

78. 申英蘭「郁達夫の日本文学受容について―近松秋江から受けた影響を中心に―」、『国語国文』、2000 年

79. 菅野聡美『消費される恋愛論　大正知識人と性』

80. 銭暁波「中国における日本耽美文学研究の諸問題―谷崎潤一郎をその中心として」、『言語と交流研究会』、2002 年

81. 銭暁波「施蟄存の「在巴黎大劇院」と谷崎潤一郎の「悪魔」―比較文学の視座からみた素材の類似と都会のイメージ」、『杏林大学研究報告 教養部門』、2003 年

82. 孫隆基「世紀末思潮―前無去路的理想主義」、『二十一世紀』、香港中文大学、1995 年

83. 高嶋航「1920 年代の中国における女性の断髪―議論・ファッション・革命」、『中国社会主義文化の研究』、京都大学人文科学研究所、2010 年

84. 辰野隆「旧友潤一郎」、『文芸読本　谷崎潤一郎』、河出書房新社、1977 年

85. 谷崎潤一郎著、楊騒訳『痴人之愛』北新書局、1928

86. 谷崎潤一郎著、章克標訳『谷崎潤一郎集』、開明書店、1929 年

87. 『谷崎潤一郎全集』、中央公論社、1974 年

88. 千葉俊二編『鑑賞日本現代文学第 8 巻　谷崎潤一郎』、角川書店、1982 年

89. 千葉俊二、アンヌ バヤール・坂井編『谷崎潤一郎:境界を超えて』、笠間書院、2009 年

90. 張介明「王爾徳研究在中国」、『塩城師範学院学報』人文社会科学版、2005 年

91. 張能泉「中国現代文壇対谷崎潤一郎的翻訳与接受」、『日本学論壇』2007 年

92. 張栄順『谷崎潤一郎と大正期の大衆文化表象:女性・浅草・異国』、어문학사、2008 年

93. 張偉『花一般的罪悪——獅吼社作品・評論資料選』、華東師範大学出版社、2003 年

94. 趙怡「「悪魔詩人」と「漂泊詩人」—田漢の象徴詩人像と日本文壇の影響」、『比較文学研究』、1999 年

95. 陳玫君「谷崎潤一郎と芥川龍之介による「支那」の表象—紀行文を中心に」、『広島大学院教育学研究科紀要』、2003 年

96. 陳永祥「从“男女合演”的論争看清末民初上海社会観念的変遷」、『広東社会科学』、2005 年

97. 辻潤訳『天才論』、三星社出版部、1914 年

98. 槌田満文「谷崎文学とモダン・ガール」、『武蔵野女子大学紀要』、1989 年

99. 寺田精一訳『犯罪人論』、巌松堂書店、1917 年

100. 丁国強「郁達夫与屠格涅夫筆下“多余人”形像之比較、『湖州師範学院学報』、2001 年

101. 鄭伯奇「郭沫若与郁達夫」、『鄭伯奇文集』、陝西人民出版社、1988 年

102. 唐沅、韓之友等「中国現代文学期刊目録匯編」、天津人民出版社、1988 年

103. 『田漢文集』、中国戯曲出版社、1983 年

104. 陶曙軍「郁達夫和谷崎潤一郎小説創作風格比較」、『武漢理工大学学報』(社会科学版)、2003 年

105. 永井荷風「谷崎潤一郎氏の作品」、『荷風全集』第 13 巻、岩波書店、1963 年

106. 中野登志美「谷崎潤一郎の嫉妬 『卍』に描き出された女性同性愛」、國文學:解釈と教材の研究、2009 年

107. 中村古峡訳『死後の生命』、内田老鶴圃、1916 年

108. 中村光夫『風俗小説論』、河出書房、1947 年

109. 中村光夫『谷崎潤一郎論』、株式会社日本図書センター、1992 年

110. 中村ともえ「虚構あるいは小説の生成—谷崎潤一郎『春琴抄』論」、『日本近代文学』第 74 号、日本近代文学会、2006 年

111. 中村古峡主宰『変態心理』(復刻)、大空社、1998 年

112. 中山由五郎『モダン語漫画辞典』、絡陽書院、1931 年

113. 『荷風全集』、岩波書店、1963 年

114. 西荘保「谷崎潤一郎『痴人の愛』と新しい女」、『近代文学論集』35、2009 年

115. 日本文学研究資料刊行会『日本文学研究資料叢書　谷崎潤一郎』、有精堂、1980 年

116. 桑木厳翼「新しい女に対する批判」、『太陽』、1913 年 6 月号

117. 新居格「近代女性の社会的考察」、『太陽』、1925 年

118. 倪祥妍「谷崎潤一郎和郁達夫筆下的別様“唯美”」、『社会科学戦線』3、2009 年

119. 野崎歓『谷崎潤一郎と異国言語』、人文書院、2003 年

120. 野口武彦『谷崎潤一郎論』、中央公論社、1981 年

121. 芳賀徹「日本の「世紀末」、神戸松蔭女子学院大学、2010 年

122. 原田親貞「中国文学と谷崎潤一郎（1)」、『学苑』350 号、

昭和女子大学近代文化研究所、1969 年

123. 羽鳥徹哉「近代文学と性」、『国文学:解釈と鑑賞』、至文堂、2008 年

124. 『フロイト全集』、岩波書店、2009 年

125. 文斌「影響与超越—郁達夫与盧梭懺悔意識比較—」、『山東農業大学学報』(社会科学版)、2005 年

126. 牟田和恵、慎芝苑「近代のセクシュアリティの創造と「新しい女」—比較分析の試み」、『思想』、1998 年

127. 牟田和恵「新しい女・モガ・良妻賢母—近代日本の女性像のコンフィギュレーション」(『モダンガールと植民地的近代:東アジアにおける帝国・資本・ジェンダー』、岩波書店、2010 年

128. 細江光『谷崎潤一郎 深層のレトリック』、和泉書院、2004 年

129. 増尾弘美「『サロメ』—世紀末の象徴」、『文藝言語研究・文藝篇』、2006 年

130. 松枝茂夫訳「文芸大衆化」『魯迅選集』、岩波書店、1986 年

131. マックス・ノルダウ著、森道子訳「世紀末」、思文閣、2002 年

132. 水村美苗「谷崎潤一郎の「転換期」—『春琴抄』をめぐって」、『日本近代文学』第 68 号、日本近代文学会、2003 年

133. 村田裕子「一満州文人の軌跡——穆儒丐と『盛京日報』文芸欄」、『東方学報』第 61 冊、京都大学人文科学研究所、1989 年

134. 森孫一訳『天才と狂人』、文成社、1914 年

135. 諸橋轍次著、鎌田正、米山寅太郎修訂、『大漢和辞典』巻 5、大修館書店、1984−1986 年

136. 毛信徳『郁達夫与労倫斯比較研究』、浙江大学出版社、1998 年

137. 李漁「連城壁」(『李漁全集』8巻、浙江古籍出版社、1989年

138. 励震林「論優伶的社会性別身分」、『新余高専学報』第9巻第6号、2004年

139. 陸少懿『春琴抄』、文化生活出版社、1936年

140. 劉久明「一群"薄命的天才"——論英国"黄面志"作家群及其対郁達夫創作的影響」、『外国文学研究』4、2001年

141. 劉久明、龍泉明「郁達夫与尼采、施蒂納」、『西南師範大学学報』(人文社会科学版)、28(1)、2002年

142. 劉久明「郁達夫与谷崎潤一郎」(『東洋大学中国哲学文学科紀要』(10)、2002年

143. 林基成「弗洛伊徳学説在中国的伝播：1914－1925」、『二十一世紀』第4期、1991年

144. 魯迅「文芸的大衆化」、『大衆文芸』2巻3期、1930年

145. 魯迅（豊之余）「感旧」、『申報・自由談』、1933年10月6日

146. 魯迅（豊之余）「感旧之後（上）」、『申報・自由談』、1933年10月15日

147. 魯迅（豊之余）「扑空」(『申報・自由談』、1933年10月23、24日

148. 魯迅「答「兼示」」(『申報・自由談』、1933年10月26日

149. 魯迅（迅行）「文化偏至論」、『魯迅全集』第1巻、人民文学出版社、1981年

150. 山中剛史「挿画本『人魚の嘆き　魔術師』考、日本大学大学院芸術学研究科文芸学専攻、1999年

151. 楊迎平「施蟄存翻訳工作対中国現代文学的貢献」、『中国現代文学研究叢刊』、2004年

152. 楊迎平「受其影響、又擺脱影響—施蟄存与弗洛伊徳理

論」、『湛江師範学院学報』、2008 年

153. 尹相仁『世紀末と漱石』、岩波書店、1994 年

154. 吉田健一『英国の文学』、垂水書房、1959 年

155. Eugen Weber. France, fin de siècle、President and Fellows of Harvard College, 1986

あとがき

高校生のとき、家の古雑誌で、たまたま谷崎潤一郎の「麒麟」の中国語訳が目に入り、読んでみたら、中国の古典を取り扱っているせいか、不思議に親近感を覚えていた。大学院に入って、修士論文は「刺青」、「春琴抄」、「瘋癲老人日記」を取り上げて、谷崎潤一郎文学における悪の美意識という今振り返ってみれば、学術研究とは程遠い内容をテーマにすることは、谷崎文学の世界に引き込まれていくきっかけとなった。それ以降、谷崎の作品を読むたび、愛、性や死といった人間という存在の根本問題に真摯に向き合う氏の姿勢に常に感嘆した。そこで、博士課程では谷崎文学への理解を一層深めようと考えて、いままで先行研究のすくない中国民国期における谷崎潤一郎文学の受容状況に焦点を絞って、三年間の大阪大学留学期間中取り組んでこられたことは、すべてが谷崎文学の豊饒さのおかげである。

このような形で留学の成果としてこの拙著を書き上げることができたのは、多くの方々のご激励のおかげである。私が博士課程に入って以来、学問の道に導き、知的好奇心の大事さを教え、のびのびと好きにさせてくださった青野繁治先生の学恩には、言葉に尽くせないほど感謝している。先生は日々繁忙な研究や雑務に追われつつあるにもかかわらず、毎週はかならず二時間以上個別指導をしてくださった恩情は、とうてい忘れることができない。そして、博士論文に関するアイディアは、先生と交わしたディスカッションの中で形作られていった。先生と三年間お付き合いいただいたなかで、一番感銘深い示唆は次のことである。ある日の授業で、先生からどうして谷崎文学を研究したいのですかと聞かれて、私は考えもせず面白いからだと答えた。それで先生は、では、谷崎文学のどこが面白いかを教えてくださいと言い、私はその場でこたえられなかった。今振り返ってみれば、こうした学問に対して徹底的に追求する態度がいかに大事なことであろう。

そして、いつも暖かく見守ってくださった今泉秀人先生に感謝したい。先生は暖かいコメントだけでなく良い意味での辛口コメントも常に送ってくださって、このような先生の厳格な姿勢と誠実な人格に魅了された部分も大きかった。何年前、学会での発表原稿を何度も修正したにもかかわらず、先生はどうしても首肯してくださらなかった。自分は外国人なので、ネイティブのような日本語はどうせ無理なのだとこっそり考えていた。先生はあたかも私の心を見透かしたように、金さんはみんなの前で発表するとき、パスポートを取り出して、自分は外国人なので、勘弁してくださいといえるのかと仰った。今の私は、外国語の拙さを口実にする自分の浅薄さと怠惰に赤面の至りである。

また、博士課程一年生まで指導してくださった尾上新太郎先生に感謝をしたい。一年生のとき、論文の作法に対して何も知らなかった私に、一から教えてくださった先生に心よりお礼を述べたい。先生は体調が優れずにもかかわらず、退官するまでほぼ毎日往復で四時間以上もかけて学校に来ることが、無形の何よりのご教示である。ある日、先生と一緒にバスで帰る途中で、先生から忘れがたいお言葉をいただいた。学問は通勤と同